加藤千香子詩集

Kato Chikako

新・日本現代詩文庫
159

土曜美術社出版販売

新・日本現代詩文庫　159

加藤千香子詩集

目次

詩篇

詩集『ギプスの気象』（一九五七年）全篇

ギプスの気象

雨季

瞳

詩集『塩こおろこおろ』（一九九九年）全篇

I

詩集『ＰＯＥＭＳ症候群』（二〇一五年）全篇

解説

装画（コラージュ）／前川鋼平

詩篇

詩集『ギプスの気象』（一九五七年）全篇

ギプスの気象

ひろがるじんましんのうた

からだじゅうひろがる結核菌に抵抗するため
パスを飲んだら胃をこわした
からだじゅうむずがゆいじんましんに抵抗するた
め
絶食したらこんどはやせてきた
ゴム帽子をかぶったような
熱っぽくしびれた頭だ

膨脹した皮膚に拡大された毛穴ばかりの
いもみたいなふくれっ面だ
たたいても　つねっても　爪立てても
かゆくてたまらないお尻だ
小人がスパイクで走りまわるのか
ちくちくさしてくる乳房だ
この血液がかっかっと
全身にとぐろをまいて走る
一面の赤い泡つぶの地図は
毒された列島の火山脈
赤血球と白血球の

あわてようときたら
掻けばかくだけ大きくなる
もがけばもがくだけひろがる

ひっかいて瘤ほどに固いじんましんよ
列島にひろがるじんましんよ

こいつをうちのめすものは
こいつをうちのめすものは

あおみどろの注射液だ
これが血液に混って血管を通るところ

食道から心臓はもちろん肛門にかけて
内臓は煮えたぎり　いいようのないむかつきがくる

欠乏

今　ゴム管で腕はぐっと縛られ
こすっても　叩きつけても出ない細い血管
鉛色の光を沈め注射針は
ギラッと　まっ青な皮膚をねらった

泡立つ尿を試験管に注ぎ
ニーランデル氏液をたらして
アルコールランプの灯にかざすと
みるみる褐色の線が渦巻いて
まるで墨だ

寝汗　疲労　耳鳴り　眼がかすむ

こいつが判明した

疲れは糖分を要求する
ところが
このエネルギーの燃焼しないのは
マッチがしめっていたから
膵臓のインシュリンというホルモンの欠乏

秋はからだの異常をみとめる季節
秋は台風と洪水の季節

伐採してしまった禿山の植林はまだ
戦後十年の歳月も
秋の暮れていく傷口は
そのたびにひろがり
堤防は決潰のまま
患部は手のほどこしようもない

田圃(たんぼ)は白い道路に塗り固められていった
基地から基地に
このアミーバー分裂をくりひろげて
秋には
それをぬって南から忍びこんでくるものがある

雨漏りで腐った柱には
支柱の用意ができているか

つづいての豊作だとあてこんだが
すでに重い穂は風に打たれ水浸しだ
ちびた下駄や麦藁帽子
尿の混ったこの洪水に
ニーランデル氏液をたらしてみよ
太陽の直射をうけて
ごぼごぼと
どす黒い竜巻がおこり

土地は墨一色の無慙な変貌だ

ギプスの気象

無愛想でグロテスクで
子供ならおじけづく
こいつを下敷きに
わたしは何年でも平然としている。
おまえは石膏の鋳物（モデル）だが
すれた黒いラシャをかぶって
あの泥づくりの屋根瓦が
空のごきげんに楯つくように
執拗な結核のダニからわたしをかばう。

雪には凍てつき背骨はつらら
青白く脳は冴え

書見器はめまぐるしい風速計だ。
緑がまばゆいとギプスは晴れ
わたしに羽がはえ
きまぐれな飛翔にあきると
ぬけ殻につんとおさまるので
おまえは冷酷な愛にとがり
傷口は火花をふく。

わたしの胴体もあなたのも
頭から足から手も頸も
アメリカからのおくりもの
透明石膏でがんじがらめ。
　聞えないよお
見えないよお
しゃべれないよお
おなかへったよお
生理的にもよおしてるんだがねえ

おっかゆい
まだ吸いついていやがる
ギプスにはねっかえりぶつかり声にならない。
またくいつきやがった　南京虫奴
うるさいねえ
ガイガア　とめろ　ガイガア
月の傘でぬれないんだな
奴　上天気にもガイガアにうなされてるんだ。

びしょびしょ六月はむせかえる青黴だ
アルコール　ビタミン　クレゾール
おまえはぷんと臭う。
パスもマイシンにもみかぎられて
にんにく味噌の上
百のもぐさを焼きつくす
肌ははじらいのようにぼうっとほてるが
線香のヴェールはゆらゆら

魔法使いの遊びをする。
真夏は汗の洪水に垢と油のどろどろ
三十度ではおまえはふうふう
とらわれの心臓に響いてくる
ばかやろうのくそったれのこんちくしょうのおまえよ。
熱を出すと汗ばむギプスがちぢんだように窮屈
おまえは寒暖計よりも敏感な気象台だ。

かつて病軀にとって救済であったおまえ
逆にいまわたしたちを頑固に型におしこめているおまえ。
だがわたしはふとる
朝は何のへんてつもない
味噌汁と漬物と黒こげのすぼしの頭も骨もぼりぼり。
母の乳をすいとるだけすいとって

とび出すどら息子のように
長い間わたしを支えてくれたおまえを
こなごなに叩きのめす日を待っている。
気象台にかさこそ乾燥の日和の続くのを
風速計をひきおろす日を
その時わたしはうううんとのびして
ひかりのなかにとけてしまおう。

その瞳
——浜口さんをおもう——

まぶたが重く
全身が火照ってけだるいと
ぐいと
焼酎や醤油をあおって
浜辺をさまよう

志摩の潮風が
肉をそぎとって
赤銅色を次第に透きとおらせる

喀血のたび
血の色を失い
財産を失い
瞳だけがくろぐろとかがやいて
愛ひとすじに
その皮膚は屍よりも白く
不死身をおもわせた
（まわりは心配とおそらくは神がかった
　安堵をまじえてみつめるだけ）

薄くひきしまった唇
剃りあとの青々した頭
大理石の彫像のような

あなたがわたしのベッドの下の板間に
きちんと坐り
鉢巻きさえしめれば
或いはその中に混っていたであろう
闘争のスクラムの千万の結晶のような
思いつめた表情で
詩のなかまのこと
志摩の海や灯台
おくさんのこと
息をつめて咳をこらえ
痰をのみこんでは巧みな話術はつきない

その最初で最後のあなたとの対面
なごやかだがひきしまった
夜の時間を今おもう

病軀の横たわるベッド

この病室にからっ風のふきぬける間
あなたは死んで生きつづける

潮風にふかれ
酔うて素足で踏みつけた貝殻
その足跡に
水平線
なぎさ
かえってくるこだまたちに

糸巻き

長く病んでようやく針がもてる。
糸屑　お守り　灸のもぐさ　端布　鋏
ホック　指抜き　ゴムテープ
祖母の針箱はこれらがごっちゃ。

何でも一通りは系統だててみなければならぬくせ
　が。
抽き出しの底を叩くと
綿ぼこり。
小鳥の巣のような糸屑はどうだ。
赤　青　白　黒
絹糸　木綿糸
一本一本抜き出して糸巻きに。
短いのは三センチから
五十センチくらいのまで。
裾のひけたのは腰に
ほどいて　つぎはいで　ほどいた糸だ。
ふけばしゅんときれる古い糸　新しいの。
髪がしだいにすけてゆくのとは反対に
もつれもつれ嵩(かさ)んだ
この糸屑のように
おんなのことに追われとおして

くぐってきた戦争やインフレ
つれあいのことさえも
皿や茶碗はかたづけたが
肝腎なものを忘れつくしてきた。
だいこん　ねぎ　ほうれんそう
とんとん刻んで
ふしくれた指からすこんともれてしまう。
首相交代のたび今度はと
たるんだあごをあげてみる。
巣わらのように
雛は育っていったが
糸屑はもつれたまま嵩む一方。
そのなかに恥じるように
強烈な色を潜めているもの
真赤に血をふいたハート型の厚紙
ちぎってなめたという口紅がある。
一本　一本

しごいては　ほぐしては巻きつけてゆく。
めがまわる　肩がつっぱる。
三センチで縫えるものか
十センチのも。
十五センチ　二十センチ
捨てきれない。
祖母たちの抜け出られなかった限界を
十センチも超えていないのか。
もつれた糸はほぐしてはみたものの
それともずばっと投げ捨てられぬか。

石臼のうた

雪国のような頭巾　絣のもんぺ
昼となく夜となく襲ってくる爆音
ことり　ことり

石臼がまわる
ことり　ことり
お諸の粉がとびちる
あたりをほおばるとあまい
空気をなめ
石臼がまわる

おばちゃん　ここらへんあまいな
骨ばった腕が臼をひくのか
臼が腕をまわしているのか
よその子供の分なぞない
ことり　ことり
石臼はまわるだけ

びんのなかでお米をつき
石臼はまわりまわり
多くの石臼は白い火花を噴いて砕け散り

もっと多くの石臼は壕の中に生き残り
石臼のうた　はたと止んだが
カリエスで
肺と腸結核で
胸とその上　脳梅毒で
いない友たちよ

こと　こと　こと
記憶の石臼がさかさにまわり
重く重くきしんでまわり
ふいに
ぱちっと石臼はひからびたざくろのように
はじけて
石の火の粉はあたり一面
お譜の匂いにかわってくる
そこに立ちすくむ少女や少年たち

浮き出ているあばら骨
いたどりの芽
すいすいごんぼの葉っぱや
花の蜜を唇にくわえて
あどけなくほほえんでいる
子供の時のままのあたしの友たちよ

ことり　ことり
石臼のうた途絶えて久しい　いま
しだいに透けてくる石臼
余韻をひいてまわるその音

雨季

鯉の歌

花びらの上に若葉がかさなって
春はしだいに夏のなかにのまれていく

五米もある真鯉と三米の緋鯉
ずっしりと垂れさがって
息ふきかえしながら白い綱をのぼっていく
鯉は深呼吸すると
一瞬　風をはらんで空にぴんとはばたく

カラン　カラン　カランコロン
矢車はつきない歌をはなってうたう

放心した鯉は目を細めて
大空のうたを聞いている

何をわすれてきたのか
さわやかに空を泳いでみて
からだの軽いことに気づくだろう
自然のままの鯉のすがたにかえっている

鯉はどんな勲章も欲しくなかった
とほうもない期待をかけられて
お行儀よく　ぴちぴちと
はねなければならないのは
池のなかまたちがうらめしかった

土蔵に冷えびえと忘れてきたのか
風をはらんではためいたためか
鱗の一つ一つに

息ぐるしくかぶさっていた埃がいまはない

十七年折り畳んでしまわれていた
いくつの初夏がやってきても
どうして空に放してもらえないのか
厚い壁を透して
鯉はきなくさい匂いを嗅ぎつけて知っていた
やがて空は晴れたが
鯉は忘れ去られた
鯉はヒロシの生まれるのを辛抱強く待っていた

ヒロシよ
真鯉のおなかに眠って
緋鯉の揺籃にゆられて
五月の子守唄を聞いてごらん

鱗がざらついて汚れやすい
まるい目玉は
澄みきった空の奥に
あやしい臭いをかぎわける
風はふきながしを乱し
さっと　鯉の口から尾ひれにぬけて
一軒一軒ささやきかわして伝えていく

隣のも　向いのも
小さいのや大きいのやさそいあって
ヒロシたちを乗せて
鯉はもう一度深く息を吸いこむ
空の真実を探しに旅立とうとする

雨季

額の傷は前髪をさげて

頬のひきつれはショールで被うわたしたちを
ふり返り立ちどまって
ニューヨークは物珍らしさと憐みで迎えた

まるで形の悪い人形の指先や顔をいじるように
血のかよう肉にメスを貫き刺し
針で縫いちぢめ
ああでもないこうでもないと一年
ここの花壇はにわかに色めいて
故郷の葉桜をしきりに想う

科学が人を殺し
科学がそれを生かしてみせるという
奇術師のようなもて遊びに
突如
心臓は鼓動を止めたのだ

黒い瞳のかがやきを消した人よ
マウント・シナイ病院
あなたの臨終にたちあったのは
鉄の肺
白いシーツと体温計
青い目の医師たちと
わからないことば

○

あじさいは花びらを日に日にすきとおらせて
朝鮮あやめの涼しくゆれる
雨上りの朝
新聞はあなたの死を報じた

一九五六年五月二十一日
あなたの眠りの三日前
またしてもビキニの実験
島は六月は雨季

海が黒いのは雲が重いから
まもなく暗い雲が島にかぶさる

あじさいよ
朝鮮あやめよ
何も知らない花たちに
唇をふるえさせて露をうけようとするものに

なつのめぐるたび

ふいに
しおをかけられはしないだろうか
なめくじのように
じくじくと　うみをだし
しろいちをながし
とろけて

ぐにゃぐにゃと
やけいしに
かんぴんたんにへばりついても
ないぞうには
てがはえ　あしがはえ
むかでや
あかむけのとりのようないきものが
にょきにょき
ぶきみなおどりをくりひろげ
やけただれたしたをだし
ひとまわりするたび
べらべらとながくのび　とほうもなくのび
ずんべらぼうや
つんつるてんの
きみょうなふらだんすの
ぼんおどりのわは

やみよにほのおをふき
べっとりよごれたあとを
ひきずり
くねりながら
みしらぬ
ちゅうにういていく

わたしのなかのわすれんぼう
あなたのなかのわすれんぼう

きこえてくる
ちきゅうのはてから
あの
ちのにじんだふえのねの
つめたい　つめたい
のろいのうた

草刈りの眼

――琉球　一――

こないだも屑鉄拾いのおかみさんが銃殺されたと
　ころ
オフ・リミット
鎌一つぶらさげたわたしには
この通せんぼが開いてくれる
ヒラケゴマではない
呪文
へぇ　ゴルフ場の草刈りで
米を刈ったその姿勢は草を忘れる
もとはわたしらの田　わたしらの畑
いきなりブルドーザーは
襲いかかったのだ　家もろとも
見事に葉をまいたキャベツ

とり入れ前の藷畑
踏みにじった奴らの
ゴルフリンクがこれだ

土地と家と作物のかわりが破れた天幕一つ
降れば泥水で水浸し

あれだ
あのクリーム色のビル
星条旗のなびいているのが琉球政庁
ここのスイッチを入れると
全島に網目のように
隠蔽された敏速なメカニズム
歴史は旗の模様をとりかえただけなのか
その果てがひどいちぐはぐな近代化だ
こちらが琉球銀行
どこまでも続いている白いかまぼこみたいなのが
GI兵舎だ
那覇空港から嘉手納空港へ
一号路線は沙塵に焼けただれて
白くうねって走るのが輸送パイプだ
何事かを待ちかまえているように

白い漆喰でとめた赤い瓦
屋敷を囲む珊瑚礁の石垣
絣の着物
頭に籠をのせた藷や魚売りの女たち
そこにひろがるのどかな田園
泡盛りに酔うて踊る臼太鼓（うすでーく）踊りの輪
瓦礫と共に崩れ去った静かな町
くば　かじまるの森林よ

ふいにゴルフの球がうなりをつけて飛んでくる
するとわたしの視野は

稲妻のような幻覚にくるめいて
あのすさまじい戦場が眼前に開けてくるのだ

銛と少年

——琉球　二——

焼けつく珊瑚礁の浜を
はだしで駆けてくると
ぴょいと
刳舟(サバニー)に飛び乗って
波しぶきをあげる
櫂をとると少年の眼は
紺青の海よりも深く光る

猛火と轟音の中を逃げのびる途中
毒蛇(ハブ)の恐れも忘れて竜舌蘭と蘇鉄の陰に生まれた
その時いまのおまえのような少年たちが
摩文仁(マブニ)の巌頭に斬り込んで血しぶきをあげたのだ
その手にしっかり握っている銛は父の形見

少年は
ざぶんと
褐色の皮膚も染まる
まっ青な海に飛びこむと
ひらひらと足のうらを尾ひれのようにうちふった

父は太陽の光も透らぬ海底に潜り
縦になり横に泳ぎ
すきをねらって鱶に挑み
銛でいとめた糸満の勇敢な漁夫
一本の櫂を操りサバニーで大洋を乗りきったもの

一瞬

水面がゆれ動くと
飛魚のようなすばやさで
舟にかけ上り
ぎらぎらはねる魚を摑んで
少年は白い歯をみせてにっと笑うのだ

昨日も港のみえる山巓毛（サンテンモ）の丘
精悍な若者たちが銀白の波頭をみつめていた
海をせばめ海を汚した奴らに
カービン銃をつきつけられ基地の仕事もしたが
まるで陸に上った魚のように
かつては遠く南洋やインド洋までこぎでた海人（ウミンチュ）た
ち

阿旦（アダン）の並木
飲みさしのコカコーラが
波のよせるにまかせてころげている

白浜
べとっ　と吐き出されたチューインガム
女と兵隊のねそべってたわむれていた
あの入江がみえる
つと少年は立ち上ると
鱶につきかかるばかり
ぱっと白い水しぶきをあげて
銛とからだごと
海に突き刺さっていくのだ

瞳

ぼろのうた

客があればあちらにつくね　こちらにかくし

用がなければ押し入れの隅におしやり　　つぶし
ぼろよ　ぼっこよと呼び
母もその母もその昔の母も
そそくっても　そそくっても
後からほころび
どうにもならなくても
屑屋に売るには惜しくて
大穴のあいたシャツやパッチ
ちんばの靴下　五本の指ののぞく手袋
よだれかけ　六文半の赤いたび
これを着るとこの子は可愛かったとか
やんちゃをいったとか
父の息子のつぎはぎだらけのおふるに
ぼろをはり　それをまとい
やりくり上手とほめられ
はたらきものといわれ
女はしあわせなしわを刻んだ

いま　父のシャツも息子のパッチも
まるや四角の布がべったり
そこからちりちり網の目だ
それでも女にさがるおふるはない
なつかしむぼろもない
もともこもなく　つぎはぎばかりになり
ふれればひけ　もってはさけ
母のその母のちえもつきてしまった
気まぐれな日本の空に
しずくだる洗濯物を干したり入れたり
膝はすけ　裾はすりきれ
腰のまわりはあかぎれ膏薬のべたべた
かがみこみつつましく
メリヤス糸の一本一本を数えている女よ
つづれさせ　ぼっこさせ
つづれさせ　ぼっこさせ
うつろに虫が鳴こうと

長くひきずる忍従の糸を白く光る歯でプツンと切
　ろう
糸にもっとよりをきかせて
ぼろをつづり合せ
ぼろ旗ののろしをあげよう
ぼろには祖先の匂いがする

瞳

神代の太鼓はとどろく
陽ざしをぬすまれたのです
裸のおんなたちは　引力をうしない
すうっとまいあがる
かがり火か　煌々の眼だろうか
髪をふり乱し　たらいの上で　つけものだるの上
　で

すととん　すととん
底もぬけよと　おどりはじめた

とつぜん　地上をつきさす稲妻
月の凹レンズ
おんなたちの瞳はかさなり　ひろがり
ゆらゆらとわななく
すばやくおとこたちをとらえる複眼

雲は白内障をまきちらす
おもい石の空に
けわしくかわるおとこの眼

たえまない天からの足拍子に
こわれもののような地球はおどろき
失っていた速度にかえるため
うるさい灰の幕もふきとばして

きりりきりりとまうだろう

アンドロメダ
あそこには
無数の男と女の瞳が黒くぬれかがやいているけれど

まぶたがおもいのです　意識がかすれてくるのです

太鼓のはやしも遠のき
息もひそめた静かさだ
みまわすと　まぶしいみどりのカーペット
ゆれにおう花々
どこからかメロディはながれ
槌がひびき　モーターがうなり
空気もふくらむ大コーラスだ

こぼれる笑いも　憂いに沈むのも
おとこの眼の色できまらないことはなかった
ぬすまれた光をかえしてください
夜の地球よ

おとこの瞳の底に映るおんなの瞳
くいいるように
眼の色をうかがってきたから
烙印のようにかげろう

お母さん

――母親大会によせて――

赤ちゃんをおぶって　おしめ袋をひっさげ

ピーの五十円の内職を今日だけはあきらめ
洋服に下駄つっかけてきたお母さん。
あぶれたニコヨンのお母さん。
一円二円のカンパで北海道から奄美大島から
子供をあずけ　借り着までして
母親の名にひかれ集ってきた。
このはれがましさに頬をあからめ
ほろほろ嬉し泣きの
お母さん　お母さん。

舞台は全国からのおみやげ。
人形　すずらん　花しょうぶ
くずれぬ平和をかえせと
博多どんたくの大しゃもじ。

明日食べる米もない。
塩で味つけた外米のおじやと山の藷食べている。

あおくむくれた背中の子をせりあげながら
あとはことばもなく
ハンカチで顔を覆ってすすりあげてしまう
炭鉱のお母さん。
思いのたけをいってしまいなさい
どんなに時間がかかっても。
ながいことかみしめのみこんできた
ふかくふかくたまっている
母親同志のふれあいに安堵しきって
おいおい手ばなしで泣いている。

北海道のそうらんぶし。
九州の炭鉱ぶし。
いまないたからすがもう笑って
お国じまんのうたやおどり。

目にしみる白だすきは

富士山麓舟津村。
部落民の山を返せと四十年間も
岩手小つなぎ部落。
東京砂川基地。
埼玉ジョンソン基地。
兵庫の伊丹基地。
和歌山の大島基地。
福岡の板付基地。
日鋼室蘭。
凜と確信にみちて
妙義を守りぬいた恩賀のお母さん。

廊下で子供をあやし
会場をはらはらしながら
泣きやむとかけ出していって耳をすましている。

給食費のとどこおり。

日やといの嬰児殺し。
あくどい映画や紙芝居。
米をつくりながら子供に食べさせられず
子供を自衛隊にやらねば
人前で話したことのない人たち。
思いのありったけを紙に
田植でこられない母の声も。
託児所がほしい
子供の遊び場が
生理休暇が

母の日にカーネーションをさしあげた
皇后さま
あなたも日本のお母さんだ。

御国のためと　あなた方一門のため
戦地に発って行くのに別れの涙ながすことも許さ

れず
皇国の母　貞淑な大和なでしことおだてられ
嫁しては夫に従え　老いては子に従えと
古いしきたりの鎖に身動き出来ず
手拭をかぶり
うつむいてこまかい手仕事に追われとおした。
このはれがましさに怖(お)めたのもつかのま
つきあげてくる苦しみを
心のもやをほぐしたいま
少女のように手をつなぎあって
歌う　原爆許すまじ。を

お母さんの波
お母さんの渦
お母さんの鎖

休日も夜中もいとわず
こまめに動き続けた腕っぷし。
戦火の中　身体にくくりつけて生きのびてきた
息子も娘もみている。
耐えうるかぎり耐えぬいた
骨と血と肉の鎖。
うらめしく美しい黒髪をたちきった軽い頭だが
蛇のように執念深いとたとえられた女だから
この日焼けした生き鎖は頭をもたげ方向をねらっ
　た。
季節の緑よりかがやくひとみ。
白い歯をむき出して笑っている
お母さん　お母さん。

母の歴史の新しいページ
真夏のパリ。
世界の母の大行進に旅だって行く
お母さん。

青いもの生まぐさいもの

おんなにはおなごちゅう
ごうがあるんじゃ
ふかぁいごうがある。

おひつの底をはらって
つぶれた冷飯を欠けた茶わんになすりつけ
すすぼけた台所の片隅にかがみこんで
くずと残りものとお茶づけをかきこみ
またびくをこさえやがって。と*
肩で息してぼろをつぐ。
本でも読もうものなら
おなごのくせに
一ついえば二つめに前世からの約束ごとと
添乳にかくれて一字一字をひろい読む。

おっかあもおばやんも
およずいてせわしく　ことことこと
おんなの身についているけれど。

灰かぐらに芽つぶしの
のびそこないのなっぱたち。
磯くさい吐息
さすがに三月はのめって
しろくろどろんとにらんでいても
尾ひれふらふらこびてくる。
やい　やい
斜めににらみをきかし
ふぐ化けじゃないかね。
まないたにきそいあいたいだろうが
めさきはするどい
白いエプロンの判官さま

刃物をおろし　かぶりをふる。
一度皮はげば
おまえさん　目抜き通りをおとおりだね。
おこめがひかる
鬼火がもえる。

かっさかっさ　ぐるぐる
白い米といでいる時
しあわせ。

どぶどろ水につかって
台所もろとも
きのこ雲に
ぷっかぷっか
放りあげられぬうち
くさりいも　くりぬくその手つきで
うらめしいごうに庖丁をあてる。

＊　びく　女の赤ちゃんのこと。

鏡

〈わたしはぱんぱんといわれ　夜の女といわれ
　あばずれといわれ……〉

冷い井戸水にはひからびた椎茸
灰色のかび
欠けたどんぶり
白いうなじのおくれ毛の
女は薄いまくをはぐように
ためらいがちに柄杓を傾ける
そんなことを何度も何度も
水にゆれて歪む女の顔

〈生みおとしたのは黒い皮膚でした
　頑是ない水晶の眼をもっていました〉

一間きりの部屋
片隅の鏡にそのエミーが写っている
小さな桜色の爪
手はちぢれ毛を真直ぐに垂らそうと
大きな瞳から涙がこぼれる
すりきれた畳に射している夕日

〈エミーはこないだ手紙を書きました
　日本語でお早ようもいいました　死んでしま
　った人に〉

派手なテーブルカバーの上に
朝鮮で戦死した黒人兵の写真
わなわなとまどったままに
いやだ！　いやだ！
星条旗ひるがえる艦にのせられて
同じアジアの殺戮に連行された
ジョーの命日

〈わたしはかつて孤児でした
　ジョーは南部の出身でした　この子もまた〉

今日この井戸端の水鏡
エミーの鏡
二つの鏡のなかにこわばるえくぼ

〈エミーよ　わたしのエミーよ〉

おみよさん

蝶々に結った　若い日の
おみよさんはみずみずしかった

うるむひとみに
おみよさんの苦悩が映っている

時にきゅっといがむ疑い深い口
尖ったあご　夫は情婦をもつという
すりきれた下駄をひきずって
いそぐあなたは　四人の子供と
三人のよその子をかかえる

あなたのこけおちた頰はふるえて
ぽつんと　戦死した息子のことを
弱々しい腰つき　みごもったおみよさんは
銃後の一日　くずおれて
血のたらいにつっ立っておののいた

紫色のしもやけの手は
血生まぐさい闇市で
関東煮屋もしたという

五十はまだなのに　おみよさんの白髪は
盗みをはたらき　監獄にいる
いたいけな息子へのおもい

するどいくぼんだ大きな眼は
搾取するものに向けられている
目じりのしわは　おみよさんのやさしさ

平和署名ならと
家族の名前をわらって連ねる
苦しい渦の大きな巻毛をひっからげる
おみよさん
女の歴史　そのものの　あなた

あとがき

ギプスやコルセットや書見器や白いシーツから、久しぶりに抜け出てきてせせこましい町にはトラックや三輪などが身動きとれない程行列して、私はそこのポストまで行くのに、ある時は運転手のいないトラックを待っていたりしてひどく手間どったものだ。あたりをきょろきょろして掃除や洗濯をしている間に、ふうっと一年間は去ってしまっていた。ここで私は八年前の軌道に戻って出なおそうと思い、この詩集を思い立った。

原稿用紙の書き方から教えて下さった、三重詩人の錦米次郎氏におめにかかったのは、コルセットをつけたばかりの、まだ春浅い小雨の日であった。虚栄で詩を書くなら今すぐ止めた方が得策だといわれて、詩作をはじめて三つめのが「おみよさん」である。学生時代、療養中を通じて互いに星を摑もうとして、はげまし続けてくれた親友に装幀の無理をいえたのもよかった。

港野喜代子さんはじめ、この詩集刊行に当って種々お骨折り下さった方々、三重詩人のなかまたちに心からの挨拶を送ります。

一九五七年十一月

加藤千香子

詩集『塩こおろこおろ』（一九九九年）全篇

I

パリの警視庁

エトランジェのために三十の窓口
水色のうわっぱりの女性三十人
ぶっきらぼうな視線とぶつかるのは
その前に
囚人のように黒く列をつくる外国人労働者・学生
　たち
さまざまな言葉がどよめいていりまじると
もう一つ新しい何か意味あるぶきみな言葉にかわ
る

朝九時から夕方五時まで
灰色の壁に
ミュルミュル*　列の溜息がたちこめる
事務員は名前のかわりに番号で呼ぶ
ニュメロ　45（キャラントサンク）！
45は一まいの紙きれ・パスポート・銀行の証明書・
　学生証
写真をだまってさしだす
書類はひったくられて
数字の経歴が記録される
奥のケースで
十八フランが滞在許可証にかわる
警視庁から監視人を後にして
数字はちらばっていく
数字ははじめてけらけらと笑う

一年間のパリの時間がまたはじまる
窓口の女性たちのように
パリは人を迎えないし
拒否もしない
ミュルミュル　あの長い列で吐いた同じ溜息で
人は一個の数字として
パリの灰色のノートを埋める
はじめもなくおわりもない数字
途方もない頭なしの数字は
ポケットに両手をつっこみ
パンタロンだけが
ひょうひょうとサンミッシェル通りを行く
空に投げ出されて
数字は大声で叫んでみる
こだまは
やはり
骨(コツ)のようにカラカラと音たてて
ニュメロ　45(キャラントサンク)！　と

＊　ミュルミュルは、ささやく・ブツブツ。

探す

白昼
森の中を職を探して歩く
林立する樹の奥に
ベレーをかぶった男が立っている
パルドン　仕事を探しているのですが
時間のない失業という職ならあるという

夜のカッフェ
毛皮の男がパイプをふかしてこちらをみている
ブーツの女は人を待っているのではない

ギャルソンがコーヒーのかわりに
鏡の盆をもってくる
コニャックをのむ精悍な男に鏡をあて
あの方は如何でしょうとたずねる
女の注文したのは
光るナイフでパイをつき刺そうとしている
みけんに傷のある男

メトロの中
ゆきずりの男とキスしているうちに
迷い子になった子供を探している
その子は盲人の楽士のそばに
ひじをついて地べたにしゃがみこんでいる
母親はそそくさと忘れ物保管所の窓口へいく
郊外にある動物保護預り所にいくよう
すすめる係員

リュクサンブール公園
ベンチについおき忘れた
自分の影、孤独をもう一度探して
黒いマントの老婆は
ベンチを一つずつたしかめて歩く
その前をロバが子供をのせてゆっくり歩く
さっきロバの噛みこんでしまったものが
もしやそうではないかと
老人の疑いは深まっていく
現代では探しものはみつかる筈はない
短波は知らせている

開いたまま砂浜に
おき去りにしてきた一冊の絵本
を探して子供ははだしで
砂はどこまでもとほうもなく
潮がひいてしまうと

もっと遠くて広くて果てしがない
おそらく波にさらわれた物語は
子供の夢のように航海しているのかもしれない
終日だまって何もない砂浜に
てんてんとつけた小さな足跡を
夕陽がなめまわす

顕微鏡をのぞきこむが
ある種の細菌はみつからない
医者は
結核菌、ウイルスとガン細胞以外に
もっとも新しい特殊な病原体は
残念ながら見出す事はできないと
殆ど化石のような患者に向かって
そっけなく報告する

探してみつかったものは
白いシーツをとぶ一匹の蚤だけであったと
探しものテレビ番組の司会者はいう。

砂糖細工

バーゼルの小さな階段教室で
いきなり太ったムッシュー・ペルリアの怒声
マドモアゼル・カトオ　立ちなさい
背伸びしているのに
隣の背の高いブラウンは平気で腰かけてにたにた
　している
ロンドンでは列車のレストランの料理長だ
溶かした砂糖の塊に三百ワットのライトをあて
色とりどりに染めながら
手も神経も油断ならない
マドモアゼル・カトオ

訪ねてきた日本人に通訳だ
私のフランス語の訛がよくわかるらしい
砂糖の具合が丁度の時
また呼ばれる
マダム・ポンパドゥール
レイヌ・アントワネット
三頭立ての馬車
ゴヤの農民
ピカソの牛
日暮れまで砂糖の魔術をくりひろげる

ある日
山岳電車は透明な空気を分けて
一面の小花に戯れている犬や子供たち
険しい山あいにさしかかると
そこはもうインターラーケン
ユダヤ人のアンネを大声で呼んだ時

もうだめだ
息苦しくてしゃがみこむ
ユングフラウヨッホが姿を現わしている
白銀の霊にひきずりこまれるようにとぼとぼ
生まれてはじめてだ
長さ十五センチ幅三センチ程の裂けめ
尖光が走った
みると
ぞっとする底なしの氷雪地獄から
万の手がつき出てくる
潔白という中立国スイスは
このようなものを用意していたのか
もし足許の凍てついた雪が崩れれば
どこまでも真っ逆様に墜落していく筈だ
ホロコーストのユダヤの難民たちは
フランスへタクシーは自費で送り返されていった
すべてが

アウシュヴィッツへひきずりこまれたと思った
スイス銀行が預金通帳や
麻酔もせずひき抜いた金歯を
クレバスに閉じこめた歳月は
我が帝国の罪業の深淵にこだまする
安穏として軍需産業に栄えていた
スイスに支えられなければ
ナチスは二ヵ月もたなかったという

マドモアゼル・カトウ
眼を覚ましなさい
私は砂糖細工でユダヤの国旗と菊の紋章を作ろう
　とするのだが
何もかもが朦朧としている
砂糖を切る糸は鉄柵にかわる
染料はどす黒い血の色を帯びる
ライトはガス室にかわる

砂糖の塊は骨になる
私はあめになる。

たまごうり

土曜日
コロンビアというカッフェに
卵やさんがくる
四角い箱に
こんもりした黄身と
透明で粘りある白身の卵が並んでいる
いましがた
ＭＲＩの脳の写真をみたばかりだが
よくみると
脳の断面は
眼窩がへこんで鼻の穴のえぐれた

頭蓋骨に似ている

ルワンダのキガリ教会の四角い床に
白い卵のように
むくろがびっしり並んでいた
怒りとも悲しみとも怨みとも
表現を絶する盲目のまなこの
沈黙のその奥から
宙空を照り返すにぶ色の光
世紀末にはこれほどの犠牲を神は欲するのか
その映像のエレジーが
脳に刻みつけられたまま
消えようとせず
日に日に鮮明になってくる

銅鐸が出土したという加茂岩倉遺跡
祭祀にか戦略にか
何に使われたか不明だが
銅鐸を埋めた集団は
他部族への従属を拒絶したのか
土曜日ごとに
卵やさんがコーヒー店にあらわれる
時はのどかにみえる

狩猟と農耕と銅と鉄と宗教と
異文化にショートして
アウシュヴィッツはくりかえす
宇宙のどこかの星と通信できる日が来るとしても

銅鐸も頭蓋骨もほがらだから
打たれなくとも
自力で鳴動する
非常の警鐘を響かせながら

土曜日　卵うりの声がきこえる。

ひにふにだ*

障子が白みかけてくる朝
鴉や雀の鳴声にあわせて
小鳥の歌をうたってくれた
私を抱いて風呂につかり
上がろうとする肩をおさえて
ひにふにだ
だるまだのだ*
と数えてくれた祖母

十九の夏
ギプスベッドにあおむけの
私におおいかぶさり
大写しになったゆがんだ顔
一緒に死の
この言葉は沈黙の銀の小箱に鍵をかけた

戦後は父も衰弱してねたきりであった
後妻の祖母は七十五歳で逝った
その年に近づいて
障子に映る鳥の影は思い出させる
この年まで何度死んだか
何度よみがえったか
この先　どうしたら生きのびられるのか
ひにふにだ
だるまだのだ

姿見の前
よそゆきの着物にひんやりと手を通し
帯をしめ珊瑚の帯留をすると

香水をふる
のを知っていてそばに立つ
同じ香の二人はお芝居へ行くの
　いやじゃなんぞとぬかしゃがると
歌舞伎のせりふでやりとりして
しなを作る
　ひっつかまえてはぎゅう

いずれ
祖母の香水の秘儀のあと
化粧して二人は出かけてゆく
芝居見物にでも
ひにふにだ
だるまだのだ

＊　「ひにふにだ　だるまだのだ　四羽こけこの十（とお）」は数をかぞえる童歌。

かみさま　Ⅰ

裸で行ったらあかん
厠にはかみさんがおいなさる

かんかん照りの日も
子供はそこらへんの布をはおって
渡り廊下を走っていった
暗い密室に
あらぬ格好でしゃがみこみ
穴から立ちのぼる異様な臭気のなか
おののきで
子供はおもったものだ
体内から下っていく不思議な
自分の分身の気味悪さ

うなぎやのたれのように
江戸時代より
先祖の結晶は攪拌され醱酵して泡立っている
代々の嫁姑の確執や
労働の断腸の思いや涙
管を通してこなれた肝心かなめ

ある時
内緒で裸でしゃがんだことがあった
深い暗闇の底から
鉛色の月がいがみ
蛇のように鎌首持ち上げてくる気配や
背後から摑みかからんとする妄執、邪念
まといつく霊の渦まく門

いま
あっけらかんとした明るい水洗便所
糞尿にこもる煩悩など
またたくまに下水道にまっさかさま
生き恥さらし
ぐにゃぐにゃどろどろした
人の世の情念のただよいはいずこへ
継がれていく家の歴史は粉砕され
それぞれの我執だけが現存して
かみさまなぞ
何処にもおいなさらん。

かみさま Ⅱ

家にはたった一つ目がある
そこだけがうるおっていて
そこだけが人間臭のある
黒光と白光の妖しく輝くところ

風や雪の夜中
おしっこ
おばあちゃんはその度　もうほにほにとつき添って
ロウソクの灯影がちらついて恐い
今日から他家(よそ)で宿ってきますので
夜のおつとめは止めさしてもらいます
かえりがけに小さな手を合わせて頼むと
霊験あらたか
おばあちゃん伝授の呪文である
新円引き換えとか
政府の政策の変わるたび
逆に出て蓄財をへらし
百年は続いたこの家も
不況のたびに
商売拡張といっては抵当に入り
この厠も滅多に抵当から抜け出したことなく
誰に渡るか
うちつぶされるか
わかったものではなく
汲み取り屋はくめどもくめども
祖先の血の混じった糞尿は確実にとごって
そこは終わることのない曼陀羅
ああ　まんだらうんこ
ああ　うんこまんだら
うんことは鬱金に似て臓物のみやびな言葉
この厠に一発ぶっとばして
日の丸の旗の波に呑まれていったおじさん
先祖たちの霊は狭い壁にはりついて
怒ったり
はらはら

くやし涙流したり
肥壺から歯ぎしりが聞こえてくる
ここはやはり
反芻するところ
声しのばせて泣くところ

子供の頃の信心は
年とってからも
厠のかみさんに
スッポンポンの親しまぎれに
何でもかんでも頼んでしまうのだ
今日から他家(よそ)で宿ってきますさかい
夜のおつとめはようしません。

沙蚕(ごかい)のはなし

――四日市の海から

おお爺さんの代にはな
あさりがもぐもぐ
はまぐりがぱくぱく
かには闇夜に産けづくし
ここら一帯
けんか　ラブシーン　何でもござれ

空はまっさお
海はまっさお
おお爺さんの代にはな
海水は塩(しょ)っぱいけどオゾン一杯
まろやかでおいしかった
そやけど

あぶないことだらけや

キョロキョロ
やばいとすかさず土に潜る
ぼんやりはさらわれて魚の餌さ

汚なてみじめたらして弱いけど
噛みきられたら
一つは二つ　二つは四つになって
半分でも生きのびた
おかげで
今は呑気なもんや
人間の子供ら掬網（たも）もって走ってきよらん
我がみにくい沙蚕（ごかい）一族だけやないか
さろていくものはおらへん
そやけど
まっくらや

世界はいつでも夜
空はうすぐろて火事や
ああ臭（く）さ
あれは何や
身体がぬめぬめする
灼けるように熱いやろ
硫酸流しけつかったんや
酸素はもうない
そいでも
ようできとるわ
一番弱いもんが一番強い
我が一族には適性がある
みくびられてたまるかい
世界中で最も優秀で強靭な沙蚕（ごかい）族様
あほめが
水銀でも何でもかでも流しくされ
わしらをくろた魚でも食べてみい

おだぶつや
殺されとったもんが殺し屋に早がわりさ
今にみとれ
人間は汚染された魚食べて全滅や
そうしたら
海は澄んでくる
おお爺さんの代のように
塩酸で死んだえびも
あさりも
はまぐりも
かえってくるやろ
それまでの辛抱や
あほらし

あるいは
わしの誤解かもしらんと
年寄りの盲いた沙蚕は
しわくちゃの顔をよりしわくちゃにして
焼けただれた首をかしげた。

もやの長良川

長良川の伊勢湾河口に
住民たちのみすぼらしい小屋と対照して
建設省の展示ホール・堰パビリオンが控えている
幾つものビデオの映像
人工魚道をとびはねて河上へ遡る
魚群がすいすい
エスカレーターのように
一匹の脱落魚とてない
実にオートマチックに
流れ作業台をすべる商品だ
自然の中を泳ぐここちよい安らぎとは

別の安易さで
さながら流しそうめんのごとく
そのシステム化された
みごとな幾何学的構造の構築と
もやにけむる葦原との対比
人間の頭脳はいまや超ミクロ遺伝子や
宇宙開発にかまけて
我々サツキ鱒や鮎・蜆（しじみ）の如き
中途半端な生きものなど
魚は危険な海に下る必要ありません
一きわ逞しい鱗を乱反射して海から帰ってくるメスを
オスがじっとこらえて清流に待つロマンなどおセンチな
長良川河口堰の魚道は
最高レベルの技術を導入して作られます
魚の好みにあわせた魚族テーマパーク
清潔な水洗トイレ風散策路
人工種苗技術の開発でどんどんサツキ鱒は殖えています
媚あるビデオの声にうっとりしている時
あまり頭のよくない私でもふと気づく
氷河期から海に下る命をうけて何万年
汽水域からあの大海に踊り出ていく時の
憧憬と勇猛な決意に満ちた死の覚悟も
つい　ふにゃふにゃと崩れてしまい
ああ　私はあの恐ろしいそりかえる夜の海に
たったひとりとり残されてしまう
きり立つ大日岳のきららな清麗の上流には
ぶなの木の葉に混ってなつかしい恋人がまっている
夢でうなされる
疲れきったヘドロのようなドロドロの眠りの中で
サツキ鱒になった私は声をあげる

あの表示がクローズアップしてたちはだかる
安全第一・協同企業体長良川河口堰作業所
ロック式・呼び水式・階段式魚道とは
役所へ上るコンクリートの階段なのだ
輪中に住む人たちの声を
そこでみごとにロックしてしまう
魚道どころか金策道の流れを呼ぶ迷路だった
踊りはねていたのは魚でなくて黒い札束だったか
平成五年正月　蜆の亡骸五トン
サツキ鱒よ　鮎よ
歯をとげ
万年をかけて
そのちっぽけなきらりと光る歯を
太くてぶきっちょで
高度経済成長のたれ落したセメントの
巨大な糞が
伊勢湾河口にぶざまに突きささったままだ

反詩

空は水を映している
水は空を映している
空はその風景を観ている
水はあまたの魚を抱いて流れていく
陽にきらりと光る腹をみせ尾は水を打ちたたき
どこまでも
大日岳から伊勢湾河口まで
万年を泳ぎつづけている
月みちれば月影に瀟洒な姿をうつし
月を砕いて躍りはねる
葦原に立つ白鷺はたおやかな魚にみとれ
それをねらう
魚たちはいかなる種も脅かすことなく
栄えて川は清冽である

この川を汚すもの誰も寄せつけない
凜々しさで川は流れている
氷河期からの原始のまなこうるませて
空と水は照応して　そのたたずまいを見守りつづける。

塩こおろこおろ

指輪は欲しくないが
ダイヤモンドをちりばめたメガネを欲しいと言っていたのに
母はうぐいすやかっこうの来る縁先で
歌をうたいながら見慣れない双眼鏡をのぞいている
やっとこせ　よおいやな
はるか　おのころ島がみえる

母の母や祖母たちが洗濯や畑仕事をしたり
針の目に赤い糸を通している
鼻眼鏡をかけた祖父が大福帳をめくっている
曽祖父は伊勢うどんをすすっている

蟬がじいじい生命の最後を告げると
盆はきている
塩こおろこおろ魂が集まってくる
それを数珠つなぎにしてお経を唱えている
双眼鏡を放り投げて
母は一抱えもの花を買いに駆け出していく

ンゴロンゴロクリーターの湿地に
フラミンゴのオレンジ色の百の脚が映えている
遠くに縞馬を見付けメスのライオンが追いかける
馬の首に抱きついて倒すと
オスや子供がとびかかり心臓を嚙み切る

生と死の連鎖は草原を赤く染めて夕焼けに混じる
クック島(ジマ)ぷかぷか島(トウ)*にも夕陽が射し
せわしなくなる頃
ハチが吠えて
顔じゅう真っ白になって
私は盆だんごをこねている
透き通っただんごの霊は
生きもののようにはねて
こおろこおろ
ピラミッドにつみあがる
花の香りに包まれて母の夕べの読経が始まる。

＊　クック島ぷかぷか島、私の料理教室と語学塾の名。

ルプリエ　REPLIER

——一九八八年五月十五日　日曜日の日記より

黒振袖をぱあっとまくり(ルプリエ)あげれば桜の入れ墨
緋の長襦袢を腰にはしょり(ルプリエ)
縞の半纏　豆絞りの手拭をほっかぶり
菊五郎の弁天小僧が花道を去って(ルプリエ)いく
私はいま　食品会社のフードコンサルタント
チーズをパンで包みこむ(ルプリエ)料理を
仏誤訳すればとんでもないものが出来るのさ
replier(ルプリエ)　一くせも二くせもある単語
考える程に頭も神経もルプリエしてくる
いましがた
歌舞伎座に着ていった着物をたたみ
テレビをつける
これで帰れる(ルプリエ)んだ

ハラショウ
と
ブーニンそっくりの若者の幼な顔がほころび
カチューシャの口笛をふいた
ソ連軍はアフガンから撤退（ルプリエ）していく
十六年ぶりだ
中近東は戦国時代さながら
中国の小銃
英国製のミサイル弾
ここは先進国の武器博物館だ
肩にかついで撃てるスティンガーはアメリカ製
これだけ軍事費つぎこめばドルも値下がり（ルプリエ）するよ
　な
窓の下　神田川は蛇行し（ルプリエ）
梅雨　きまって一匹の守宮（やもり）の来訪を退治すれば
その夜　必ず二匹連れのファミリーが
窓の外側にぴったりと

黒く怨みの姿でくねって（ルプリエ）いるではないか
新聞をたたみ（ルプリエ）　袖をまくり（ルプリエ）あげ
衣類をたたみ（ルプリエ）　荷造りする
東京の地価上昇には辟易（ルプリ）
ルプリとはたかがスカートの襞ではないぞ
爆撃のさ中
日々五度もアラーの神にはいつくばる（ルプリエ）
ゲリラに刺された父親たちの土まんじゅうに
ぼろぎれの旗が
部落じゅう　祭のようになびいて
子供や母親の意識の深奥（ルプリ）は　とぐろをまいてのた
　うちまわっている
マネー時代の日本の地下鉄の片隅には
昼間からうずくまって（ルプリエ）いる気になる人々の群
やはり私が故郷へ帰るのはルプリエなのかしら
アフガニスタン料理をカレーの会社で教えるので
ナーンを焼く

ここはチェルノブイリからそう遠くはない
ロバにとれたての野菜を積みこんで
カブールのバザールへ売りにいく白いターバンの
　少年たち
大きな革袋を背負って　ふんばっている水売りの
　青年
チャイ・ハーナ(茶店)のじいさんの　ひげむじゃらの
皺(ルプリ)の顔が大写しになる
絨毯の織り手
女たちはヴェールをはねのけ(ルプリエ)　ほりの深い顔をさ
　らけ出し
ぼろをまとい　はだしで
ハイバル峠　ボラン峠の凸凹(ルプリ)道を
土砂を地球にたたきつけて
ルプリエではなく祖国をめざす
ああ　五百万人もの難民たちよ
彼らの蹴りたてた砂がひだ(ルプリエ)をなし
明日
砂漠に大輪のバラの花が咲く

何たってかんたって
ルプリエとは　何てしたたかで粋な言葉よ。

中折れ

パナマの中折れが
昼下がりの病院の長椅子で
大あくびをしている
腹をすかしているのか
だんだんへこんでくる
あんパンでもあげようか
人を呼んでいるのだろうが
聞きとれない

帽子はふさぎこんでいる
誰かの頭に乗っからないと移動できないのだ
恐竜の頭に乗ったかい
九千万年程前にね
跳んだりはねたり
みはるかす
原始の原っぱ
だから擦り切れてしまったの
帽子は夢をみてうとうとしていた
異変が起こって人が絶滅したら
おまえは誰の頭に乗るの
その頃にも
病院の待合室があるだろうか
あっけらかんとした
コンピューターと信号の世界だろうね
帽子君　痛いだろうね
アンテナのような尖った頭で
どのように思考するのだろうね
帽子は一寸青褪めた

みると
そこは手術待機室の廊下である
赤い灯がしきりと明滅している。

Ⅱ

月食

岩肌にじっとしている
何やら赤いものをみつけた
硬いぼつぼつの突起に
吸盤をはりつけて抱えこむ

カリコリと粉砕していくのか
溶かしていくのか
海底に眠っていた迂闊で傲慢な伊勢えびは
蛸の柔らかい大きな目玉の円が
えびの硬い目玉に月食をおこした時
不覚にも気づいたが
もはや　甲羅を失って
無防備で赤むけの皮膚は
磯では生きる手だてを失って
瀕死の喘ぎに呆然自失の時
蛸は坊主頭のように海宙に浮いた
八本の足はどこにもなく
すでに目の悪い鱓(うつぼ)の内臓を満たしていた
が
そこへゆるゆると忍びよる偽装の釣針
ぼんぼりのゆらめく簾(すだれ)ごし

鱓料理の清涼会席膳に
ほろ酔い気分である
繭形の連鎖は
死直前に発散するピロ毒素
飽食の大腸にみるみる充満して
血流にのり腎臓細胞を腐爛させ
脳の血管に達している

鮫は海流にのって
何故か近海を迂回している
オオイチゴナナとは何ものか
海で泳げない子供たちは
アスファルトの炎天に
なめているソフトクリームのように
人の形に溶け出していく。

Maybe カプセル

空と海がこだましている
ここは透明な一大カプセル
入口はラブホテル風に
だんまりの車寄せ
チケットを買い　鍵をもらって
男と女は一旦離れる
キイを腕に
割りたての生卵さながら
すっ裸で海へ maybe
サーファーが波のロックに呑まれ
波しぶきの中から躍り出たかと思うと
もういない
サーフィンで海をかけめぐるが
彼はいない maybe
それを察して
気のよさそうなぽちゃっとした女の子が
私の水着を借してあげるわ
ミス　スクランブルドエッグ
混浴の七階はもうまっ青な空と海
もっと実感があるわ
彼も水着姿で泳いでいる maybe
と思ったら
塩マッサージ室の白いタオルにくるまって
茹で上がっている
ガラスのカプセルに包まれて
ヴァーチャルな錯覚した哀感に浸っただけだ
温泉まがい海まがいの不安な maybe

山側では夕餉の煙が
竹の背負い籠に藍のモンペをはいて　手拭をかぶ
り

たしかな足どりで家路を急いでいる
すれすれに飛沫(しぶき)をあげて連鎖して車が追いぬいて
　いく

本物とは何だろう
本物と偽物の中間の繊維をまとい
その中間の脳細胞の配列構造にすりかえられて
支離滅裂に包丁が思考している
ヴァーチャルリアリティには責任がない
いま　夢の中が危ない maybe
夢の共存の中で
ふとファジイな薬のカプセルを飲みこんだところ
　だ
禁煙の煙草を吸ってみたまえ
ガラスの巨大カプセルと化した国家の
崩れかけていく大音響は
ここ　なまぬるくけだるい半熟カプセルの中まで
果して到達可能か
温泉卵はいま丁度塩梅のところだ。

遁走

爬虫類展の小屋から
錦へびが逃げた
捕縛縄をかついだ三人組が
警察犬をつれて探しまわる
アマゾンの大密林へ帰ろうとするが
標識がない
五メートルの身体(からだ)を河原の草や水に沈め
ある時は立ち昇り　樹の幹を演じ
ありとあらゆる擬態を考案しながら
海に向かって未知の国を一路遁走の真っ最中だ

王者のいなくなった会場へは
誰も行かなくなると
大蜘蛛の張りめぐらしたアンテナは各部屋に通じ
確実に逃走の準備をすすめている
クウェートを無理矢理占領したイラクへ
全世界の関心は集まって
軍備は中東へ流れていく
空と海を封鎖する構えだ
爬虫類用のおまわりさんも手うすだ
花博覧会にも　その事は
花に集まる昆虫たちが
フーガに乗って知らせてきた
ヒマラヤへ戻ろう
精となっても
瀕死の青いけし（メコノプシス）の花は目を閉じてそう決めた
巨大なラフレシア
珊瑚のように固い石の花にも
国蝶のオオムラサキが合図する
バラのアンネもピースも
壮大な草原や原生林
大陸の田舎をめざし
赤い血を滲ませながら棘を磨く

花という花は花びらをたたきつけ
一斉に
胞子に乗った。

だらだら坂

だらだら坂を下りて
下りつきた所に
通用門がある
門をくぐると

ここでは彼岸の対岸に腰をおろし
もうすぐ
肉が落ちどす黒く色の変わってくる顔に
真赤な夕日をまともにうける
夕日に照らされて体は透けてみえる
片方乳房をけずられた女が
盲目の赤児に乳首をふくませ
卵巣も淋巴節もえぐりとられ
子宮のない女は
胃のない男に身をすりよせ
腫れあがった片方の足をひきずり　よたよたと
頭に瘤のある男に
歯だけが白く　げらげら笑う

あの日
空が真赤にはじけ
癌の子宮のように
じくじくと膿(うみ)を出して
地上を放射能で包みこんだ
あの八月の灼けつく思い出
が
ここにある

それは誰も知らぬまにはじまっていて
だらだら坂をよろよろと
家族に行ってきますと
手を振ったまま
苦痛もなく転がり落ちたところが
癌の浸潤に犯された
桃色の子宮の中であった

七月というのに冷えびえとして霧雨の中を
列島もろとも因縁あるあの国に
売り渡そうとした商人たちの逮捕

淋巴管の網目のように伝って発(あば)かれていく
が
絶対にひそみこむ覆面の癌細胞が
息を殺し
手術の縫い終わりの糸切る音を
きっとして

待ちうかがう。

くろいみるく

白い雲をせっせとけずって
空から網杓子を
誰かがさらさら動かしている

危ないな
足踏みはずさないかな

雪が降ると
千晴たちは
大変ね　寒いでしょうに
雪合戦の玉・兎・だるま
かみさまからの戴きものと
花をたむける
赤は斑入りになり白い綿入れを重ねていく

天では焚火をしているらしい
雪は赤く焼けただれた空からしか落ちてこない
空の血が血漿となって
結晶させるのは蒸気の魔術師

ふたひら　みひら　幾ひら
星のかけらが宙に舞う

ダイヤモンドに輝いて　闇を切る
マイナス十八度の世界
ひとひらを細筆の先で掬（すく）いとる
コンピューターの及ばない
極小六角形の二つとない無尽蔵の記号
化学物質の構造も六角形の連なり
母さんの乳も六角形の味がする
アトピーの子は　みんな母さんの甘い毒飲んだの
りな　ゆたか　わかな　ひかる　あとむ
異なった瞳・唇・指先・声・匂い
二人といない　不安な無二の姿

雲の綿菓子
六角形になって遊ぼ
六角形の鬼たたこ
六角形の毒踏んじゃった
みるくがくろい
太陽が照った
六角形が死んだ
お乳がこわい

万華鏡は回転していく
小悪魔たちは真ッ赤な舌をペロッと出す
冷たいものが溶けていく。

萩の皿

火は水の色をたたえて流れてくる
水は火の色に染まってかけ上る
懸命に水に立ち向かう
人は鮎
背鰭尾鰭に化粧塩して鮎を炎にかざす
十二人の袢をつけた男たちが

犠牲の十二匹の鮎をざるに捧げ持つ

塩のからみついた
鮎の背を箸で器用にたたいて身をほぐし
まだにらみをきかして
口をきりっと結んでいる
首の身をむしりとり
水の圧力をはねのけ続けた
小さいが金属繊維のような尾をはずし
頭をつかんでひっこぬき
父は手品師の手さばきで
みごとにぬいた骨をぶらさげてみせ
骨壺さながら
萩の皿の蓼(たで)の葉の上に
我がもののように静かにねかせた
私のをそれに重ねる
花火が上がる

大内山川の谷の中あたり
臼型の岩に鮎を投げ入れる
神事で吉の月となった鮎は
石に打たれ熱に溶けて死に
石の穴をはずれて凶の月と出たのが
命をふきかえすかもしれない
はまりこんでも
みごとにのけぞって
凶の側におどり出た
生きのいい若鮎は
銀の鱗を光らせ
生命を漲らせて
川をさかのぼる

鮎は人
いずれも
水から出て火の谷を潜り

土に帰って水に溶ける。

阿児の松原から

一回二回三回
小休止
一つ二つ三つ
小休止
次の三つめの後
大休止
この時　一気に沖からとって返すのだ
金井廣という老詩人は
砂浜に坐って
光る波頭を数えながら人生を教えてくれる
波のリズムは詩のリズム
フランス詩法だ

ヨガで砂に頭を押しつけるや
もんどりうって大きく一呼吸して
立ち上がる波の高さの中心に投身する
波にまともにぶつかるか
サーファーのように波の上に乗る以外
知恵のなかった私は
波の下を潜る処世術を知らなかった
魚も藻も水面下でゆらり静かにゆれている
人も空気の最下層で胎児のようであればいい

海はラ・メール
母はラ・メール
波は敵意や怨恨を嚙み砕いて
無際限無尽蔵に打ちよせていく
世界はいま
遥かかなたのなぎさへ
大休止という大きな息づかいを窺いはじめたとこ

ろだ。

味噌人文字

人と人が支えあうから人という文字
なんてウッソ
右側の斜線が支えきれずに
ずりおちる時が必ず来る
その時二本は丸太ン棒のように
平らに転がって交わることはない
人の印刻は入る
脳は何らかの異変が生ずると
裏字しか書けなくなる
何故だか知らないが
常に短い方の左側が支えて
右側のひょろ長い方がのっかる
支えきれずにくたばった
裏字とは人の究極の願望だったかもしれない
人と人には間があるから
人間されど人間
どうぞおはいりやす
という厚顔で優しそうな甘言に惑わされなさんな
のっかる方は
夏の暑い日には涼しい陰を作っておくれ
年老いた親や弱者を支える
覚悟の記号なのだから
でも
支えが離れていけば
風に吹かれる羽のように宙に舞うばかり
家族も社会もたわんで
宇宙のあくたに呑まれていくか
それとも地に立つのか

示し申すと書く神と
人とどちらがシンプルですか
天空から手をひろげれば
たったひとつまみのひと
陽だまり人心地
人だまり一溜もなく
蝦(えび)　烏賊(いか)　鶴(つる)　貉(むじな)
というもったいぶった文字ではなく
宇宙でもっともシンプルで
これ以上単純には出来ぬ文字
神よりも霊よりも　ひとえに骨なしの人・人無(ひとでなし)
みそっかす　ひとっかす　人屑
人目包の人目関
人頭税に消費税
人鬼の独合点が独歩きして独占して独笑
一人腹たて独ごつ
ひとえに人偏のなす人別(ひとわき)

謝肉祭の道化師たちのように
ひとはみんな仮面を無数につけているので
誰が誰やらさっぱりわかりゃしない
仮面のキャラクターを解くのは
神のパズルの中に入るしかない
マスクは捨てられたり
買ってきたり
拾ってきたり
これも不図(ひと)
あれも匪徒(ひと)
費途
愛も嫉妬も一人でははじまらぬ
ひとしくないひとの世
ひとの根(ルート)を尋ねれば
ひとよひとよにひとみごろ
ひとなみにおごれや

人払(ひとばらい)たのもう
それとも人とは股はじかった形ですか
一人前のものたべて
一人前の顔をして
一人前の席しめて
ひとみしりするのは幼児だけ
ゆきつ戻りつ
南無阿弥陀仏
つぶだみあむな
のていたらく

まずはひととおりでございます。

白蟻の話

一

うざべえなので昨夜黒いお盆につけたパン粉をふきとるのを忘れたのかな。忘れん坊なのでフライなんか作らなかったくせに。それに顔を映すと白い粉は動いている。動いている。ひょっとすると私の食べた八宝菜にもぞろぞろ這っていたかもしれぬ。あなたのにも。みるとミルクのびんはすずなりの卵。持ちあげるとこぼれる。多分この辺の柱だな。それからが大仕事だ。水屋も調理台も鍋も薬缶も一切合切もち出して、がらんどうの台所でフマキラーをふきつける。点々と小さな穴をあけていて、ばっさりとこぼれ落ちてくる。身体じゅう殺虫剤の匂いぷんぷん。これで胃の腑に迷いこんだ白蟻もおだぶつかな。

どっこいそうはいかぬ。すでにあなたにも、あなたの脊柱に巣食って大きな空洞をあけかけている。白蟻の大群おそって家を倒すなどおやすいことだ。叩いてごらん。背骨はぼこぼこうつろの歌をうたう。

いつ頃から白蟻が発生したものか、多分この頃のようにぐずついた季節だったかもしれぬ。

二

おどろいたことに日本勧業銀行の定期預金証書を這いずりまわっている。印鑑の皮のケースを開けてみる。印肉の匂いとそのしめり気が丁度頃合いなのか、ぶつぶつの卵のなかに真白い蟻の形をした一匹の羽の生えた奴が飛び出す用意をしている。ふいに薬剤撒きつけるのをためらう。こいつを大事に育ててやろうと。皮の固いケースをガギッと閉ざす。この卵が約束するのだ。そこらの若い男と女の愛の誓い。国を売ることも、海や空を売り渡すことも、人を売るのも、卵の中で白蟻は肥って行く。手形は全部不渡りだ。

三

大騒動したのも水の泡。四、五日してまたしても這い出した。生き残りの白蟻の一匹や二匹位。

いつのまにこんなにそばかすがふえたのかな。ふえたそばかすは顔の中をぐるぐるまわる。鏡に映った顔を這いずりまわるのは。鏡台に白蟻は移動した。あいびきの時ひらひらさせるピンクやブルーのリボンにも、真紅のルージュにも。マリンの唇から白蟻の卵が拡がった。

鏡はぶち破ったが、白蟻は今度は何処に移動するか。梅雨に晴れ間はいらぬ、からりと梅雨はあけても九月の空はきまぐれだ。やがて国土はしんかんと凍てつく冬が来るのだ。

事件三篇

耳鳴り

バーでウイスキーの水割りを注文すると、ピーナッツをガラスの小皿に入れて運んでくる。ピーナッツはいらないといっても、これはウイスキーの代金から値引きしてはくれない。だからそれをつまんでいつのまにか食べてしまう。いまのは大豆かえんどうかと問われても、いつも腹がへっていて、いつも何かに飢えているので、よくみさえしないで、うっかり口に入れてしまう。テーブルのうえにあるのは、小さい透明な何をいれてもニュアンスを変えられるカラッポのガラスの器である。それは脂肪と蛋白質を沢山含んでいて、アルコールの急速にまわるのを防ぎ、ついウイスキーのおかわりにあいなる。バーのホステスはふところ具合をのぞきこみ、頃合いをみはからい、これはサーヴィスよとピーナッツを八コ位マニキュアの指につまんで、パラリと投げ入れてくれる。そのたびにメーターは上がってゆく。そうしてぐでんぐでんになって神経麻痺の手はサインする。月末の払いはいくらになっているか。

ピーナッツ百個は既に簡単に食べてしまったのだ。アメリカ式計算法によれば、これで、一億という数字が出てくる。日本人のサインのあるこんな領収書が六枚、アメリカの軍用機製造会社から送られてきた。これを食べたのは政府高官か右翼の大物らしいという。既にそれは脂肪や蛋白質に変貌し、下腹をつき出した男を選別するのは、レントゲン、ガイガー計数管あらゆる文明の利器をもってしても殆ど不可能。

ピーナッツとは俗に日本語で落花生とか南京豆

と呼ぶ。ブラジル原産のマメ科の農作物で、花が咲いた後、子房がのび地下に入って豆になる。その過程をみた事があるか。日常雑事に追われ、毎朝夕おしあいへしあいの電車、地下鉄で、週刊誌位にしか疲れた目を通せない。夏に黄色い蝶形の花を咲かせた後の植物の性の実態を観察するものは植物学者位であろう。急速に猛烈な結実を速めるために、あらゆるブレインを集め、地下に潜って念入りな工作をしたのは、農民ではなくやはり、死の商人といわれる一群の人々だったか。

彼らはP３Cに原子爆弾ではない、何ともかわいらしい南京豆を、その黒い手で積みこんだ。南京豆は翼をはやし、大型航空機となり、日本列島の上空をいつかのように、不気味にひそかに音もなく旋回しているように感じるのは、あれは耳鳴りだろうか。

あぶりだし

ピーナッツが日本語で俗に南京豆といわれるので、支那から渡ってきたものと、うかつにも思っていた。それはブラジル原産で、遠く海を渡ってアメリカからやってきていたのだった。

子供の頃、私は冬になると、赤い銘仙の着物に揃いの羽織をきていて、小さな瓢箪の形をしたざらざらの黄色いあつい皮を割ると、小さな豆が二つ抱きあっていた。そのかたわれがなかったり、虫くいのがあると、何ともいえないいやなつらい気になった。大抵は赤い網の袋に百コ位は入っていて五銭。その中にいくつかのあぶりだしもあって、食べるのよりそれを火鉢の火にかざしてあぶるのが楽しみだった。そのそばで、祖母や母がつくろいものをつくろっていた。何故かそれがコンコンさんのメッセージだと思っていたから、厳粛に祈るようにして、じっと字の現われてくるのを息をこらしてまっていた。そんな私の期待に反して、子供にはHとおもわれる言葉や肩すかしがあり、いつもコンコンさんはしょうもないつまらない事をいうものだと、そのたびにがっかりした。しかし神様のくれる言葉だからと、袂に大事にしのばせた。

その頃、アメリカと豆粒ばかりの日本は、神話のような戦争準備をしていた。

何処でも月末には、ひりひりする投げ文が届く。新聞代、家賃、電気代、水道料……乏しい給料の殆どが、またたくまに消える。今月また赤字。

不意に投げこまれた謎めいたその紙きれを、おそるおそるストーブの火にかざすと、ピーナッツ百コが一億円という暗号文。更に息を殺してみつめていると、それは日本人の名のサインのある領収書。この大金の行方は、石油ショックのとろとろと燃える火にかざしても、手がかりになる説明は、巧妙で大胆な迷路がしくまれていて、もう現われるはずもない。百コのピーナッツの袋には、何枚かまだあぶりだしが入っているはずである。これを慎重に良心の火にかざして、この暗号のからくりを時間をかけて正確に解いていくなら、障子のかげに亡霊のように大きく姿をうつす。二つの翼をもち、今にも飛びたとうとする大鷲のような、一群のまぼろしのかげだ。

昭和五十一年二月十八日　雨

錬金術

手許にある辞書をみると、ピーナッツは日本語では南京豆、落花生。脂肪と蛋白質を沢山含んでいる、と書いてある。南京豆とはブラジル原産のマメ科の農作物。花が咲いた後、子房がのび、地下に入って豆になる。

事件の暗号文であるピーナッツはピーナッツであって、南京豆でも落花生でもない。ピーナッツはPEANUTにSの字がついた記号である。このSという記号がくせものである。Sとは複数を示すもので、二でも百億でもSは一つである。

ピーナッツに与えられたイメージは、受精して果実になりうる子房をもつ滋味豊かな植物ではなく、その果実は、太陽光線も水分も土壌の養分も必要とせず、奇怪な方法によって結実する。だから落花生・南京豆のように美味ではない。従って脂肪や蛋白質を成分として含有しない。これを食べるとジキル博士が一瞬にしてハイド氏に変わるといった、人工的薬品といえる性質のもので、この成分を精密に分析してみない限り、いりくんだ謎の暗号を解明するわけにはいかない。二十世紀の頭脳を結集した覆面の盗賊の一群を、つき出すわけにもいかない。

そういえば、かつてこのようなものが、暗黒の中世の西洋で、黒ミサの錬金術に使われたような気がする。その頃、赤ン坊や子供たちが、神のいけにえに捧げられ、首をおとされ、目玉や内臓は何種類かの香料と共に、薬として煮つめられた。黒いよこしまな祈りは、権力者の利益につながるものであった。百コが一億という数字は、余程の年月をかけて、長時間、想像も絶する大釜で煮つめられる必要がある。事件に関係ある何人かの口封じのために、煮えたぎる釜の中に叫び声もなく投げこまれ、人間の血で、てりのある、こってりした奇妙な味のする、きな臭いソースが煮上がっているはず。

中世の錬金術の処方箋に似た、何枚かの紙きれが、さるアメリカの軍用機製造会社から焼きとりのように、串刺しにされた不況の日本列島に、死の灰のように空から降ってきた。

昭和五十一年二月十九日　雨後曇

レクイエム

子宮をきりとられて
はじめてわかった
すべては子宮が命令していたのだと
私に一つの秩序があったとすれば
すべてはそれが司っていたわけだ
脳細胞さえもこれの御機嫌を伺っていたらしい
おまえは中心であり重心で
私はその時計の振子でしかなかった

おお寒い
平衡感覚をなくし
私は荒野のふきさらしに身をおいてしまっている
磁石を失ったのだ
私の大事なそれは何処へいってしまったのだろう
おまえの統御していた魂はとまどい
茫然として立ちすくむ

いつか
結核を患っていて
中世の教会の錠前のような
大きな門をかけて防備していたおまえは
いつの頃からか
その金の鍵を盗まれたと偽った
扉を開くには鍵はいらない
開けごまではない
失われた言葉を思い出せばいいのだ

スイスの時計よりも確かに時間を心得ていたのに
事故というより他ない
異変が細胞におこったらしい
無時間的おまえが
時間の外へ投げられたボールのように
方向もなく手離しで
終りのない巡礼に旅立っているようにみえる

おお　みえる
そいつが
ふきっさらしの
砂漠の砂にまぎれて
地の果に向って
ころげていくのが

以前は子宮が私をあたためてくれた
貪婪な奴だった　婆
そいつが食欲さえ訴えたようだ
ヒステリー・躁鬱病・ノイローゼ・癲癇の発作
こいつの一手販売であった

全くそれは変な趣味をもっていた
子豚の丸焼きだとか
錦蛇の蒲焼きとか
怪獣のえらの串刺しだとか
サバトの夜宴のような
バッカスの酒宴のような

おまえ自身のホルモン焼きはすごくうまいらしく
したたかな魔女たちがすきあらばと狙っていたから
細胞分裂の引き金をこっそり狂わせておいたらしい

おまえは満足する事をしらず血なまぐさい
それはクレオパトラの如く
高慢ちき
カメレオンの如く
お天気やで
叫んだり
ひくひくと笑うようでもあった
嬉しいとよく涙を垂らし
かなしいとのたうちまわり
怒ると石のようにちぢこまってだまりこむ
喜怒哀楽の象徴の
ちっぽけな西洋梨の形をしていたが
風船のようにふくらんだり
いびつになったりして
私の共同体というより
それは全くそのままの私であった

私を失った私が
今こそ
あいつに惑わされない
本物の私にならなければならぬ
逃げ出してしまったものを
もう追いはしない
子宮よ

いつだったか
集中豪雨を降らしたのにはたまげた
裏切られて事故破裂をおこしそうになったのにも

耳をすますと
あいつの歌声がきこえてくる
一度も歌ったことのない
あいつの音痴な唄が

切りとられて尚
注文しているよ
ビールおかわりだって

季節はずれに
春早く結実してしまった
熟れた柘榴(ざくろ)だった
おまえがいなくなり
これで
もう犯される恐れがなくなったわけだ
そうすると
男が犯したものは常に物質にすぎなかったのか

おまえはとうとう
もう一つのおまえも
おまえの分身も
作ろうとしなかった
おまえはおまえだけで
一つが二つになることなく
一つのままで逝ってしまった
いいのだ
地球は繁殖の一途だもの癌細胞のように

おまえの踊りはサロメのように巧みだったのに
さし出されたヨハネの首の如く
銀の盆に厳粛に血みどろでのっかっているのは
まぎれもないおまえだ
侵入される城に
王女さまのいない城に
しのびこむ闖入者よ
おまえは眼球のように
どこからでも
片眼で戸のすきまから
壁にかかった風景画の後から

ガラスごしにみている追跡者
狩人のねらったものは
騎士の掌中で握りつぶされる
一羽の小鳥ではなかったか

さて
火の玉の如きおまえに
愛とかいうセンチメンタリズムがひそんでいただ
　ろうか
これこそ女の神話というべきか

このきりとられた血で
私は女の血まみれの叙事詩を書かねばならない

子宮は散漫で忘れっぽいが
これ程確かに記憶しているものはない
精神の味方か魂の味方かしらないが
喜びよりもつのる恨みだ
おまえには原始時代からの
まだ一つのリンゴにすぎなかった頃の
無意識の記憶がある

おまえは
リュックサック一つかついで
たった一人ヨーロッパを旅して歩いたが
おまえの血は
ヨーロッパの血と交わらなかった
おまえは究極的に
国粋的大和撫子であったわけか

おまえのアバンチュールの数々に
何もおまえが心配することはないさ
天狗や悪魔の片割れなども産んではいない

男の作ったデモクラシーが
真のデモクラシーとなっていくのは
実におまえの参加をおいてはない
癌に侵蝕されて
海綿のように珊瑚のように
朽ちていきながら
デモクラシーに旗をかざしたのは
おまえだった

もう一つの性を追うことで
もう一つの性に媚びず
二つは二つながら平等な
真に二つに合体する事で

ジャンヌ・ダルク
シモーヌ・ヴェイユ
平塚らいてう

魔女・巫女

アミーバーのように
一つが二つになることはない故に
おまえはいかめしく強い

ガボットやタンゴを踊るのが好きな
陽気で優雅なおまえだが
好き嫌いがはげしすぎる
絶対にうけつけない
嫌いなものが一つある
十ヵ月生命かけて育んだものを殺戮していく
どろ縄の戦争は常に男が招き出した
二十五年間のヴェトナム戦争の
ほそぼそとしてしつこい持続力
二千年目のユダヤの統一も
憤然としてこらえたおまえの力

何時の時代にも
法王庁に媚びることはなかった
おまえは既に
こけても血が流れても
破れないジーンズをはいている

天照大神も
自由の女神も
キュリー夫人にも
江青女史にも
そいつはあった
それが悪いのだ
歴史を狂わしたのはクレオパトラの鼻の高さでは
　ない
数々のドラマを演じ
ヒロインの心を操った黒い人形遣い
まさに
そいつなのだ
血気にはやる若いお七やお染を操っていた
人形師不在の今
ふにゃっと壁によりかかるより他ない

理性があるかって
おまえの存在など軽蔑し無視しきっていた
知性の計算ちがいだ
それが理性そのものだったんだ
楽園を包容出来
同時に地獄ものみこめる魔法使い
おまえはいま秘儀をうけるもののように
断食の行のあと裸で
沈黙して地獄下りの試練をうけようとしている
おまえが王冠をかぶるとするなら
奇妙な格好だが

その冠をぬがせられる男がいるだろうか
そいつの秘密を

男の作った神話を
崩壊させることの出来るものはそいつだけさ

おまえはかつてニヒルになって
酒に溺れたことがあったか
おまえは常にもう一つを産み出せる
可能性にみちみちていて
ふてぶてしく粗野であった
のっぺら坊だがいかさま師ではない
天衣無縫のおまえのいる限り人類は健在だ

女が死ぬ時
おまえだけが火葬場でも
最後までうらめしくのたうちまわってあがき続ける
最期に力つきて燃えるのは
おまえ子宮だ

おまえはにおいをかぎわけるのに敏感だ
おべんちゃらを
素手の者の保身術かもしれない
おまえの仲間のあいだでは
王もブルジョアもプロレタリアートも存在しない
あひるの卵たちの如き平和さだ
百姓女のでっかい頑丈な尻にこそおまえは住む

耳も目もなく口もない
つんつるてんのおまえは
何でもアンテナの如く勘づいて
不思議なテレパシーをもつ
悪を

罪を作る悪の源を
何故なら
人類の源を司る神だもの

おまえを埋葬するところをしらない
魚と共に熱帯の海底か
海をみおろす崖っ淵か
未来の空中の浮島にか
何処にもない
四次元の世界にある
葬られても葬られても
復活して姿をあらわす
キリストのように
由々しい
おまえ
炎の子宮よ
遂に万物創造出来る
宇宙卵を宿したのではないか
おまえのは癌ではなかった
単なる風疹にすぎなかったものを

宇宙の中心に身をひそめてうかがっている
おまえに頼みたい事があった
おまえに託したい事があった

今度は
外側からの
おまえの進軍ラッパをきこう
さあ！

あとがき

第一詩集『ギプスの気象』以来、あっという間に年月が経っていた。しばらく書けない時期があり、パリ時代の一九七三年頃から現在まで、「三重詩人」、「幻野」、「中日詩人集」、「桟」、「三重県詩人集」に収めた作品の中で納得のいくものを選んでみると、半分はここ二、三年の間に書いている。

パリ・東京でのフランス料理の仕事から、松阪に帰郷して十年間、松阪大学を経て、皇學館大學、鈴鹿医療科学大学、三重県立短期大学でフランス語を教えるかたわらフランスの詩にも触れてきた。

表紙は本居宣長十七歳の時の貴重な地図で、本居記念館の承諾をえて使わせて戴いた。出版にあたり、寄稿頂いた長谷川龍生氏、ご尽力下さった小田久郎氏に心より御礼申し上げます。詩作を継続させて下さった錦米次郎氏はじめ三重詩話会の仲間達に深く感謝します。

六月十日

加藤千香子

詩集『ＰＯＥＭＳ症候群』（二〇一五年）全篇

Ｉ

負の構図

乾く
唇から塩が噴き出る
どっと汗が背筋とシャツの間をすりぬける
太陽は鉛色の月面をたたえている
毎日　一人一人病で倒れていく
進むしかない
ゴビ沙漠に骨を埋めたいなら
沙漠は拒んだためしがない
土中深く掘り土をかぶるがいい

雨は熱風に消え地面に届かない
ここは負の世界なのだ
楼蘭の美女になれるわ　きっと

今日はくだして
何も口に入れていない
暑さと油やけした胃に
泥のようなコーヒーを流したせいだ
沙漠の砂は水を含んでいるように重い
海の砂は水に濡れているのに軽い
尿はまくれ上り顔に吹きつけて口にかかる

バザールでは
まるっきり一律であるなんてださい
価格も風次第
嘘とまことと嘘も風まかせ
偽善・偽悪にもともと価値基準があるのか

ゴビ沙漠は一線を画して大草原に変る
川は幻覚のように消えては現れる爬虫類だ
金を盗られてとり乱すなんて粋じゃない

私はらくだのトロットで行く
ふと
北斗七星の杓に汲みあげられる
昔
キャラバン隊は歩く振子だ
夜は星がたより
おっと　星も移動する
オアシスだって動く　消える
樹が飛んでいる
不動とは天山山脈の稜線だけか
常に不定であることが一定なのだ
常に不動でないことが不動なのだ
沙漠の法則は恋のルールに似て変幻自在

砂嵐の中に蜃気楼を見ればはまる
そこは生の淵か死の淵にか
麻痺した足をひきずりこむ
キャラバン隊の指標は何もないことが決め手なのだ
人骨と駱駝の骨の多少が目安となるか
沙漠は風まかせ
人も自然も風まかせ
埋めた土まんじゅうなんぞ
明日には跡かたもない
若樹は右にとばされ左にゆさぶられ砂にしがみつき
根元は瘤だらけになりながら立ち上っていく
生を保証するものは何もない
冥界の手形はたしかにミイラ化だ

天山山脈の生命の雪どけ水

そうだ
生は短いが死して生きるなら
悠久が
ここまではニュースは届かない
野球やサッカーのルールなんて熱砂に溶け
喪失感は淫靡だ
文明の残り滓よ
ウイグルは刃物のメッカ
この殺風景は何と退屈な迫真さだ

祈るも無　祈らぬも無
何故か星が降るのに月がない
突如
鳴動し脳の沙漠に液状化が始まる
私は短剣を腰に鳴沙山を駱駝で疾走していく
生命極まるところまで

ゴビとは無
何もない灘（なだ）
ゴビ灘（タン）

砂浜のオメガ

背を向けて目をおおっていさえすればいいのだ　かくれんぼの仕草で顔を覆っている　男の指先と何か柔らかなものが伸びてきて　もう　私の三日月に届きそう　砂浜は一面ガラスの粉をふいた　ねそべれば皮膚に刺さって煌く　血の滲んだ二人の身体はクリスマスのウインドウのように砕けそうにきれい　暮れようとするクリスマス・イヴの内側にアダムはしのびよる　なまあたたかい　いいいいい潮は流れ　潮流は渦まいて呻き声笑いがさざめいてきたのは二人の懊悩の爆心から

であった
　爆心に背を向けて目をおおいさえすればよい
卵はもうかえることはない　リンゴがレンジの中
で飛び散った　海底の仕かけ花火と海水は出逢
い　人工的な一様の凸凹金属板鱗模様　もうさざ
なみにはかえれない
　サハラ砂漠もムルロア環礁も自然は実験装置に
変ってしまった　世紀を渡る橋とみえるのは強電
圧オメガケーブルかもしれない　男と女はへばり
ついたまま　しびれて　もう足があがらない　幽
閉宮から羅針盤のない舟出　石笛の　鎮魂(たましず)める音
色はきしんで痛む
　文明の退屈を演じるなんて宵待草だ　鬱陶しい
わ　覆っている愚直な手を　眼ははらいのけて見
る

微笑しない海

眠る蛾

美しい紋様をやさしく包み隠して眠る蝶
不用意これみよがし羽一杯ひろげ眠る蛾

風よ　ふけ　八月の盆
あれから六十年あまり
高層ビルの屋上からみると
あのいまわしい絶妙な翼のカーブをまねた竹トン
　ボが飛んでいる
繁栄を極めて都市は一たいの卒塔婆だ
灰色の墓地に
一羽の蛾が無為に羽ひろげたり閉じたり
落ち着かない様子にみえる

暑さにくらみしゃがみこんだ所
ここは
赤い鳥居から神殿まで靖国砂漠
その一画
零戦がゆうゆうと無為に羽ひろげっぱなしである
仕事を終えた競走馬のようでもなく
定年退職した男のようでもなく
ニートだ

生まれてから六十五歳の今まであぶれてしまった
　飾り物
ジュラルミン製　濃緑色　日の丸をつけている
模型ではないかと疑う程に小さい
一人乗りとは人間が物にメタモルフォーズするか
　らくりである
二度と生きて戻れぬ棺桶
乗りこめば透明扉が閉められる

片道切符のガソリンを積み
発狂して操縦桿を握ったかどうか
人間爆弾は敵艦に突撃命令を出されても
軽くてぶつかれない
八百ボルトの蛾なのだ
ふわっと浮き上がる
ふわっ
究極の悲劇とは喜劇である
みんな行ったものは死んだのだから
教えてはくれない
報道も銃後も大本営も誰も知らぬ
敵の銃弾を受け蛾の舞をひとしきり
くるくると海へ
波が水底にひきずりこんでいったのは
蛾ではない
頑健な生きている日本の清純な若者である

白い立体

珍しい大雪だから
温泉につかって雪見としゃれた
すべてが真白に包まれていて
何も見えてこない
空も山も野もいちめん白くて
立体がみえてこない
白い平面の中にあって
私は一点のしみかもしれない
湯気に蒸され
次第に血管が浮き出てくる程に
血の色がふき出してくると
何故か　何かが透いてみえてくる
真白な世界を
ずっと視線は伸びて

白山町の自衛隊駐屯地あたり
そこに
白く巨大な雪の亡霊の如く
蜃気楼の如くあいまいに
雪をかぶっている
あれは何だ
パトリオットミサイル
湾岸で使い古した
こんな粗大なものが
いつのまにきていたのか
うかつにも知らなかった

私は温泉につかって
ぽうっと身をほてらしていていいものか

闇夜の源氏蛍の群舞よりも
もっとみごとだった

激戦に憩うように
ここ温泉地に
三基
確かに据えられて
いまにも発射のかまえだ。

一九九四年二月十六日

原子にかえるその日

五千二百度の焦熱地獄
熱いのか冷たいのか涼しいのか痺れるのか
ちなみに火葬場の温度は千二百度だ
戦時下といえありふれたいつもの日
瞬間白い閃光
服もパンツも炎に溶け
人類がはじめてまとった地獄行きの金襴衣装
恥部もあらわな素ッ裸
ステーキなら焦げるが
水気多い肉体の血管が破れ血膿が骨をおおう
極限の恥辱にきれる力も萎え
指先は烏賊(いか)の皮はぐように垂れる手袋
二十本の指では物はつかめぬ
脳は最後まで焼けないままだから断末魔の激痛
頭のない赤ん坊をいつものようにおぶって急ぐ女
焼け爛れた見慣れぬ血の豹紋
火達磨の白濁したまなこ
防火用水の中に頭から突き刺さる煮凝り蠢く深鉢
ううう　うう　ああ
呻く母音の火花がとぐろまく
人食い悪魔にはこれ程の馳走がまたとあろうか
他は川を伝い並ぶ習性をもつ生き物のならい

これが真珠湾奇襲攻撃の呪いの報復である
ヒロシマ・ナガサキの大惨事
ノーモアウォー　ノーモアウォーと
小躍りしたアメリカ　ほくそ笑む

何処へ向って歩くのだ
何処へ向っていそぐのだ
御幸橋のたもと
目もつぶれ耳も聞こえぬ　足萎　火塗られ
火垂れる人々
六十五年燃えながら這いずる列
ずんべら坊の赤むけの怪訝な一群
焼け焦げた舌　奪われた母国語
うう　ああ　ううっ
そ　それは　それは私たちのはらから

今
ヒロシマ・ナガサキ四十倍の爆弾が眼前にある
世界平和の守り袋
これなしには不安な大国　核保有国
核を棄てよ　武器という武器を棄てよ
気がふれたか
棄てる場所もない程に
核爆弾を作りおきしてしまったおろか
次は二十万度の焦熱地獄
宇宙の焼場

見よ
太陽をあざむくその白熱光
波の火柱
炎の波間に浮かぶ
一艘の光る舳先
干涸（ひか）らびていく海

人類の原子にかえるその日

引き算のエチュード

米一升とか一尺二寸の袖とか
昭和のはじめの尋常小学校
平成二十三年三月十一日　二時四十六分
あれから教室が変った
黒板にはミリシーベルト　ベクレル
子供たちは目にみえないものを測る単位を勉強する
足し算のような引き算のような得体知れぬ
スリーマイル島やチェルノブイリで
甲状腺癌を患った子供たち
習いましたか
ヒロシマ・ナガサキ十五万人の命奪った
ファットマンの中核にはプルトニウムのお化け
習わなかった　何も
ただ　く・ろ・い・あ・め　とだけ
升・寸・尺・匁　知らない子供たち
ストロンチウム　セシウム　コバルト
おぼえて人間精神の糧となるの
放射能測定器の針がふりきれ
紫つゆ草が色変える日
校庭の表土を削るのは引き算です
太陽のひかりのなかをころげまわりたい
外のプールでクロールしたい
子供たちは避難所で肩寄せあい
引き算の作り笑いをみせている

あの時
校庭で点呼していた大川小学校
もう　誰もいない

赤青黄色　ランドセルの列
渦まきながら　波の背におぶさり引かれていった
孤児となった子供たちがいる　三百人あまり
黒板に向う、やはり先生は書く
二十ミリシーベルト　ベクレル　セシウム137
原発とは空しい足し算にすぎなかった
フランスの商人は釣り銭を足し算で払う
引くって難しいわ
灯籠流しの短冊に祈りの歌を
すかさず笑子は×と書く
もう一枚にも×××
連なる×は一面の空無
がれきの山

広太は都会の小学校へ転校した
何を勉強したいの
引き算　引き算が習いたくて

途方にくれる校長先生
ゼロの哲学を胸深くかかえこんでいる子供たちに
教える術（すべ）がない

原発事故では止める　冷やす　閉じこめる
このプロセスも引き算じゃ
引いても引いても存在する確かな真実
そこにだけ光ある
学校では削るという引き算がテーマ
それでは
通学路も田圃や畠　森も野原も
みんな削ってください
ウソつきの政府や東電・メディアの舌先三寸
チョンギってください
海も山も風も空気もけずってください
何処にいても
深呼吸して　大の字にねそべり

宙返りして
星の子供と手をつなぎあえる
世界を返して下さい。

「原発の電気の光では勉強しません」
小中学校生徒一同
平成二十三年〇月吉日

大天使ミカエルの秤
～フランス紀行～

雪解け
鎖国でもなかろう
列島の周囲　海に面して打たれた杭　五十本の鉄
　塔
牙むき出した

昨日　汚染水　福島原発何号機か
洩れ出したのは　百トン
まさか　だれももうおどろかない　またか
原発据えつけたのは　誰だ
追跡してみても
雪　海水　たつまきのように　隠しもみ消し
何者だ　エネルギー操る巨大な魔の手

窓につきささりのめりこむ　舳
屋根の上におさまりかえる巨大漁船
水につかる自動車の列　その中に
病院のベッド列なし波間にくり出していく　その
　中に
泣き叫ぶ人間の声　否定する沈黙のアート
夜通し雪にぬれ　枝にぶら下がる
あれは人　これも人　人　家族
一瞬に解体されたばらばらの身体

けぶり炎となる黒い海
あの日からしばらく
雨戸も開けず　食事もろくに　テレビつける
〝津波が来ます　早く逃げて下さい　逃げて早く〟
叫びつづけいまもさけびつづける木霊(こだま)
安心安全のオウム返しする政府高官
読書するその光の根源を辿っていくと
めらめら赤いるつぼのなか　原子力発電所

二〇一一年三月十一日　二時四十六分
そこには
アレバ・シーメンスの作業員がいた　ネットワーク
ただちにアメリカ・フランス・ドイツ本社に
地震・津波・逃げまどう車・流されていく住民達でなく
原発事故に一喜一憂する原発王国テレビ
すぐ　大阪へ移転する大使館　外国人は帰国していった
福島第一原発のそば　老人ホームは聾桟敷(つんぼさじき)
二十キロ圏内が強制避難したのは何日目だ
周囲かまわずあたりちらしわめきちらしている
原発音痴　狂うたのか　お笑いの国の時の首相

むかしより
お大臣なら女好き　絵画とは物
アートでなく取引きの担保として
〝燃料御棒いらんかなあ〟
江戸時代の女郎よろしく
何度も貸し出され海を渡る使節モナリザ
画一化した微笑とへりくだっていく凹んだ視線
上野のルーヴル美術館展には

ダ・ヴィンチもラツールの絵もない
それなら　フランス行きルーヴルツアーの旅客と
　なる
福島近く郡山の旅仲間小田島夫妻
〝除染しても除染しても後からふえてくるの〟
ニースどしゃ降り　エックス・アンプロヴァンス
　も

イギリス海岸はしけ　雨量少なかったのに
ここらあたり地震帯があるらしい
フランス原発は地中海に面していない

法王庁の入口の壁　秤をもって立つ聖ミカエル
地獄(ふしぜん)行きと極楽(しぜん)行きをふるいにかける
アヴィニヨンからリヨンへ向う幹線道路
リヨン大聖堂の高みから　大天使は天と地を翼で
　かばう

広大な田園地帯
現われてきました
いかがわしい　鉄塔やら風車　太陽光発電
目には見えず匂いもなく　みわけつきません
自然エネルギーと不自然エネルギー

川べりへ人は集り村落を作り耕作したのでした
大動脈ロワール川セーヌ川ローヌ川ガロンヌ川
川を囲んで鉄塔建屋　事故はこの地でも大同小異
ぶどう実る頃
アンヌとアルバイトしたボルドーのシャトーは健
　在か
ル・ブレイエ原発はすぐそこ
ワインぬきのフランス料理
魚のない日本料理
ああ　世界文化遺産と名を冠する
料理とは大自然が舌に囁き胃に語り体内に奏でる

交響楽
大海大地に根ざしたおふくろの自然の慈養　食育
　文化
二十一世紀の食卓は
ひらめのプルトニウム・セシウム和え
黒い雨に打たれた子牛のフリカッセ
ストロンチウム・トリウム和えのミルポワ茹でひ
　な鶏
その味してますか　おいしいですか
濃厚なのに無味乾燥
バリウム含有ワインは何色ですか
鳥の眼球にはその色彩が映りますか
トリュフ探しの名犬よ　教えておくれ
鳴き声の意味はわかりません
世界文化遺産料理とは地球史上またとない
原発遺産料理なのだ
人間にはみえずきこえず匂わず味わえず

そのすぐ後で　大嘔吐　ガングリオン　沈黙の大
　惨事
モンサンミッシェル　聖ミカエルの塔から見渡せ
　ば
パニュエル原発フラマンビル原発
古城シャンボールの屋上からは
サンローラン原発・シノン原発
かすんでいる広大な平野
五十九基を一度にみるには上空から点々と
病むフランスの大動脈瘤　静脈瘤　血栓だ
久しぶり　パリは横なぐりの雨に滑っていく
シャイヨー宮からみると
エッフェル塔がゆらぐ　雨にさか立ちして
ぼろぼろこぼれながら流されていく
〝役目を終えたのだわ〟
粋で陰鬱でしっとりおちつき画家たちを魅了した

花の都　ボードレールのパリ　そしてわたしの
大都市水源地の上(かみ)にノジャン・シュル・セーヌ原
　発
ルーヴル　古代文明の空間は恐かった　誰もいな
　い
埃っぽい黴臭い匂いが冷え冷え身にまといつく
今　美術館にデパートやレストラン
店が立ち並び煌々と明るすぎる温室だ
綱でかこまれた囚人モナリザは人だかり
初午祭　見世物小屋　ろくろっ首の女のように
怯えて奥目になっている美人画　ヌード
ミケランジェロ　奴隷の腕っ節・巨大な臀部
市民権を得て堂々とした構えだ
やっとラツールの蠟燭の明かりが虚ろな心を照り
　返す
自然天然のあかりと不自然のあかり
不自然が生み出す歪みくねった奇怪な芽　奇形の
　子供
大自然が身籠る四季のハーモニーかぐわしい草花
　樹木
はしゃぎまわる元気な子供たち　魚鳥虫たちも

あの頃
何も知らず後生大事にポケットに持ち歩いていた
　物質
科学の可能性をいちずに信じたマリー・キュリー
殆んど盲目だった最終講義
キュリー一族の死因が立証するその答
つづくヒロシマ・ナガサキ
スリーマイル島　ポリネシア　チェルノブイリ
第五福竜丸　一緒にいたまぐろ漁船軍団
まだまだ　小女子(こうなご)やしらす
そして
浪江町　盲目の耳なし兎　と呼応して

穴からみていた慧眼　耳たてるランボーの兎
その日　一万八千人の死者
その日　懐中電灯たよりに産声あげた
自動車の中でも　赤子を抱いて揺さぶられ
乳の出ない母親　無呼吸症候群になる赤ン坊
生まれるべくして生まれてきた　百十四人
三年後　死者の数を優に越える弟や妹たち
柔かな賑やかな生命　世界制覇する　その万の微
　笑

新型転換炉原型炉ふげんの解体に二十五年
工事・廃棄物処理・維持管理費千百五十億円廃棄
　物一万トン
原発の明りはもう過去の遺物でしかない
ウランの枯渇を待てますか
先史以来　地球上の犯罪をあわせても

うけとり先のない膨大な放射能団子を丸め
地中深くところせましと
かつて地雷を埋めた人間の汚れたその手が
地球は酔っぱらい方向感覚を喪失し
いずれ軌道を踏みはずす　はかない流星
その場凌ぎの思考と四十五億年の叡智の結界
その罪償うのは他でもないデンキにたよるしかな
い
あなたたちわたしたちすべて

身震いし身悶えする海と大地
霊のこだま　木霊する霊

Ⅱ

地磁気が逆転するとき

地磁気は万年をかけてゆるりと逆転するのだろう
か
それとも瞬時に
こたえのないこだまは　ホッホー
みんなが貧しく心弱く沈みきっているなか
わしづかみにしてほろ酔いのものもいる

誰かへびくいわしをみたことがあるか
とてもコブラの平たい頭をノックできそうにない
ピンク仕掛けの色調はフラミンゴ
鶴の威厳と気位
食指を動かすものをみると何故か
白い翼をテントのようにひろげて威嚇する
わしは相手が猛毒であればあるほど
美しいダンスのすさまじさは極限に近づく
氷柱の緊張度　NとSの平衡感覚　ホッホー
死をかけた舞踊の極致
おまえの内臓は伸びきり
首も足も地軸の果へはりつめ
ぴんとはった熱帯の冷気
毒蛇は生命絶たれた時　吐き出す毒を餌に
へびくいわしのキックダンスのいさぎよさ

一瞬の快感アムールにか　それとも子育て
その時にだけ　NとSの両極は　ホッホー
うつらうつらしている人々にも
勢いづくものだが
いま

人々は覚めながら眠っている
偽装ではない
萎えているのに歩いている足
萎えきる心のくぐもる歌
ケイタイでほどよくかわすアムール
子どもを叱れない親
老残の体制をキック出来るしびれるダンスを舞う
　てはくれぬか
地磁気はゆらりと危うく月の方へ暗転しそう　ホ
　ッホー

夜　真ッ暗な
竜神の湯に
白い肌を重ね
ぬるりとすべりこむのをかわした
ぬけ出た人霊を羽がいじめ
むささびが日高川を渡っていく

対岸の黒い森　真剣の領域へ
地磁気はたしかに陰の軸へ傾斜しようとしている

痙攣

右へ曲がっても左へ曲がっても
同じ距離の位置に豆腐屋がある
気分次第さ　一丁を買ってくる
皿にのせておくと
豆腐は自ら吐いた水浸しになっている
冷凍庫でスポンジにするまでもない

もも色の肉から噴き出す液が
日に日に涸れてきたことに
しきりといらだって

カラオケで
三度笠に隠れ
涙の渡り鳥を歌っていると
水割りの氷のメトロノーム
雨だれの伝うガラス窓に
豆腐をつまんだ箸で
ジュテームと書き残して男は去ってゆく
氷の目から水がはらりとはげおちた

何を泣いているの
地球は

また氷河期の氷が一ミリ溶けたわ
その時
始祖鳥が朱塗りの喙（くちばし）を立てたの
宇宙を爪先に凝集して一瞬動いた
億年　結ばれた羽をふり解（ほど）こうとして踠（もが）き出した

そんな遠くのかすかなもの音
聞こえるかしら
背筋が冷やっとするわ
髪の毛を鷲摑みにされたような
痙攣が水脈となる

氷河期の氷がまた一ミリ溶けた。

亀裂　轟音

もう際限なく

偶然の界隈

さびれた居酒屋は

酒を飲まない年寄りや子供で賑わっている
婦人は古ぼけたピアノで弾き語りはじめる
アンバランスな野犬がひょんと
誰も制しない
尻尾で拍子とりながら
キー盤を器用にタップ
オノマトペで歌う
眉間をよせ背骨をそらせ
耳をおもいきり後にひく
喉元ふるわせ千年の未来へ視線を移した
黒い鼻柱をはりつめてつき出す
三歳のディンキーは酔い心地
絶対純粋な無調音
オーストラリアテレビ番組に優勝した
野犬狩りを免れたのをディンキーは知らない
偶然の界隈を散策する

モスクワでは百年ごし
豚のレースが催される
ナンバーつきの服を着て
スタートラインについている
耳たて小さな目み開き鼻先を磁石に
ディンキーに似た仕草だ
一等だけが食肉協会に渡されずにすむ
なんの子豚が知るものか
人々は喝采して笑いさざめき
偶然の界隈を去っていく

幾つの橋を渡ったろうか
ファルージャの掃討作戦
イラク人大勢が死んだ
ホワイトハウスでは鼻唄まじり
ゲームに興じるブッシュブレイン
瓦礫の下から

怪我した獣のように孤独に四つ足で
泥まみれの幼児が這い出してきた
親兄弟はもういないのもしらず

仕掛人の影は顔形の外まで大口あけ
妖しく照るナイフフォーク
小犬を切り裂き　子豚つき刺し　幼児にくらいつ
く
お伽話はつねにフィクションの日傘さし
舌鼓うった　ギョウザ　ハンバーグ
あれは何の肉だったたか
偶然とは必然の握るフォークだから

あらわれいづる

羊の毛で書いた草書みたい

如何なる傲りの象徴も
腰からふにゃっと崩れていったわ
洞窟で殉教作戦ねった仕掛人さえ驚いた
さんざん情念弄んだベルリンの壁も
何人のレーニン像が
首に綱かけひきずりおろされたか

蜃気楼をいまだにみて
惜しんだり悔んだりしながら
鼻唄まじりに
ブルックリン橋を渡る時がくる
ブランデンブルク門をくぐる時がくる

バーミヤンの双子の大仏は
恥辱に耐えかね自ら崩れ落ちたとは
イスラム教徒
その一瞬前に察知した

天蓋にいた四頭立ての馬車を
日の神は鞭打つや　天の軌道へ
駆けぬける閃光をみたものはいない
アフガンは闇だ
爆破された黒煙を香に変え
やけども負わず無傷のまま
華奢な指もしなやかに
手をさしのべたまう
千万の邪をふり払いふり払い
水に画いた生命のように
色彩やかに袈裟は風にゆらめいて
土の迷宮に隠れたおたずね者を追って
核戦略に転じるとも
実存を超えて
あらわれいづる
あらわれいづる
楷書は行書になり草書の時代が来ると
さかさにするするほどけていく
歴史は大方のまさぐる仕組み　なだれる相
新しい時代が来たと不覚にも
起筆に力をこめてまたも一の字を書く

反詩
おたずね者は

山へ逃げたか
海へ去ったか
国境を越えたか
幽邃なる迷宮へ
シルクロードから弾丸ロードへ
戦の結末をいそいで
大国は捨てずにいる核に手をのばす
ガウディの聖教会はまだ見通しつかない

急がなくてよい
玄奘三蔵は山賊に剝がれても
山また山を経典背負って迂回し続けている
祈りとはながれゆく水のさすらい

おたずね者は
山へ逃げたか
海へ去ったか
国境を越えたか
洞窟の口は開いている
土壁にぶつけて歯は欠け鼻はそげ
耳はよじれ
頭を打って顧りみて
まなこに　刺さった棘を抜く
真の闇は真明へ通じている
背をかがめると心は高くなる
あの塔よりも

流れゆく水のように
這いずっていくのだ
百年逃げおおせるか
百年も追跡するがいい

二〇〇一年十二月二十二日

終らない顚末

生きているものはすべて廻転運動している。円形競技場のランナーのように権力者の鞭のままに同一方向に走っているうつつのオリンピックだ
この秋のモードは浪漫　レースの服を脱いでみても腹一杯につまった腸詰は透けてみえない　内側でとぐろまくものはまだ糞尿という呼び名ではない
イラクに石油はあるがガソリンはない　だれか

糞尿を精製してもらいたい
　眠りの中で死霊が浮遊して眠りの門(かど)に立つ虚無僧　妖怪の夢から醒めないまま終らない睡眠を眠りこんでしまう恐怖と安心感
　今朝厠でしたKāṣāya(カシャーヤ)は糞尿でしか染めないものだ　紫色の袈裟をつけたオシャレな説法が蔓延するなら有機物は無機物に化ける　毒を食べても死なないスーパーネズミになる　一体何を食べたのだろう　僧侶たちは　虚無の種を生えるにまかせ
　弱い人間を眠らせて都合のよい子守唄を歌うのはアルカイダよりいつの時代にも穏健派だ　真綿やダウン　羊毛
　白いふんわりしたものに気をつけろ
　包みこまれて呑みこまれる
　熊に出逢ったら死んだまねするのさ
　生きて回転しないものはない　星の移行のように　移りゆくものは回転する自働装置だ　椿の花よ　アキレス腱を鍛えておけ　円形競技場の競走者になりたまえ
　円形に終末はないのだから始まりもない　何かが始まるのを期待するな
　既に始まっているのがみえないだけだ
　真実はおそらく陰鬱なもの　仮装した大臣のい並ぶサミット　虚無に向って塹壕から突進していくゲートルのビートルズの足は彷徨して袋小路にぬかるんでいる笛を忘れた牧神(フォーヌ)　道化　巨大な都会の細長い路地裏から這い出てきたロザリオの鎖をたぐっていくと　円形劇場ではないグラウンドゼロに行きつく　キナ臭い都市が吐く汚物　ジグザグのかたびらとアミノ酸が散らばっている　おき忘れた虚無の杖をビルの礎石に立てかけて
　生あくびする路地から吐き出されてきた痴呆老人をみてあくびをこらえるわたしとあなたがた

明日を探しに旅に出るなら　あをによし都大路を行きなはれ　ピーピー島に行こうよ　いつものくせであいづちをついうっかり　糞ころがしのすからべえの旅　チュチュの袋も忘れないで

　円形劇場の舞台裏で操る狂気のパイプライン人さまざまなものういドラマがぎこちない　イラキマカームが始まるのだ

　幕はまだか

ドクロを並べている　死霊の糞尿をかき集めているのさ

　宙ぶらりんだ

爆撃で死んだ人の焼け焦げた衣服をさらえてこい

　幕はまだか

　爆弾染のぼろ布をつぎ足し　垂れ流した糞尿で幕を染める

　Kāṣāya　कषाय　袈裟

幕はまだか

死霊が　まだ生きている人をおぶってきた

緞帳ではない錦の煙幕があがる

こもれび

　こもれ毘古は森の奥に住んでいて　今日も木洩れ陽を一つ一つ消しゴムで消している

　森の深いところ　小さな都市の庭　田園にまかれたこもれ陽を風がやさしくなでていく

　白い喫茶室の窓から陽は斜めに入ってきてマドレーヌをまだらに濡らす

　木洩れ陽は光の小さなきょうだいたちだ

　木洩れ陽はまどろんでいるので母親のいない幼子を眠らせ痴呆の年寄りをあやしている

産ぶ声あげたばかりの赤児が陽の褥にすやすやね息たて　ハンモックをゆすっているのは小鳥たちの歌
校舎の片隅で蹲(うずくま)っている子にも陽はそっと話しかける
おちこぼれた子供ならこもれ毘古になれるよ
木洩れ陽は捨て子のおへそにもしみつけて花々は笑いこける　ウフフ　ホホホ　ウフフ　オホホホ
いしのじぞう・らかんさんのかたにもこもれびは　はなびらのひとひらひらひら　ほとけさまのせんのてのひらに
ブランコしている子供の赤い帽子が風に飛んで木洩れ陽はまだら模様を変える
狂気の人のあばらやのすきますきまから忍びこむ　木洩れ陽はその罪を問わず　死刑囚の手足を温(ぬく)めている

死刑執行人にふりそそぎふりそそぎ禊(みそぎ)する　木洩れ陽は金銀の経かたびら死んだ人たちをまだおおいつくせていない
根こそぎもがれた椰子の木は津波を航(ゆ)く舟になる　こもれびは陽のあぶく　ことだまだ　陽の舌はことばを失い
こもれ火は怒り狂う獅子の背中をじりじり焦がす　嫉妬に狂う蛇をおだやかに麻痺させる　良い毒をもっているね
こもれ媚は何気ない　しらばっくれているのさ　木の葉をくぐりぬけても若草色や紅葉に染まったためしがない
こもれ弥は勧善懲悪をせせら笑う
ミサイルは木洩れ陽を打ちおとせるか
木洩れ陽は太陽の涙　怒りのしぶきだ
報復を木もれ備は受け包み癒(いや)す　報復をおそれ

ずその血を飲みこむ　針の穴はくぐれても洞窟には入れないからおたずねものには逢うことがない
　射せよ射せよワイルドキャベツの根の元にエチオピアの飢えに射せ　菜もれ陽よ
　陽はダイバーだ　海草　藻をすりぬけ　ももれ陽は深海魚の金の鱗か
　木洩れ陽は記憶喪失　責任がない　安心出来ない　さあっとひいていくわ
　したたかに歴史を消していった　木洩れ陽の網に世界はかかっている　その網にかかった謎を掬っている掬っている　その網をはがせるか　光の薄い幕がはがせるか
　こもれ琵琶弾いているのは　風の糸　葉の撥（ばち）レクイエム
　億年あきなく微笑んでいても樵（きこり）にはかなわない　マングローブの森よ　屋久島原生林　アンデスの森よ　伐採しないでおくれ　森が叫ぶ　伐採しないで　伐採しないで　こだま　木洩れ微はかよわい　雨のしずく雪や雲のひとひらに負ける
　木洩れ陽は野生か　かけっこしても踏んづけてもけとばしてもついてくる　陽にさからって西から東へ移動していく蘇生力よ
　風のモビール　洗濯物に絵をかくシュールレアリスト　こもれ美はアーチストの目　みつめている万の目　にんまりと奇怪なけものの神

　ひっかいてやれ　あ痛！　こもれ毘古の声がしたようだが
〝こもれ毘古おー〟　影もない
　こもれ鼻のことはこもれびにまかせておきな

　こもれ陽は日月のオーケストラさ

　ヒルノヒカリノ金ノモレルルヒ

ヨルノヒカリノ銀ノモレルシズク
ヒカリノキンノモレルヒ
ヨルノヒカリノギンノモレル

Ⅲ

京という駅

いつのまにか
心の断片に金属製のうすい羽が生え
宇宙を舞う微粒子のなかまとなり
秒速数十キロの高速でかけまわるから
何にでもぶつかる
小惑星の微粒子に穴をあけ　ごめんね
このように速くては夢をみるひまもない

物狂いのときもない
探査機ハヤブサが小惑星（イトカワ）からクレーターのある
微粒子を抱いて地球に降り立った

空から日本列島をみると
東北あたりは　くぼみとさら地
田植えはまだ　ところどころ
ドえらいことになっている
人々の心にはクレーターの穴ぼこまだら
何でもありませんよ　放射能ぐらい
セシウムまじりの田ンぼに
カリウムの肥料をまいてかきまぜごまかしたろ

千年の眠りからさめると
戸惑うことばかり　なるほどふけたものだ
みごとな高層ビルを見上げる
エスカレーターに乗る

京都行きの列車が発車するところだ
唐招提寺に白い瓊花(けいか)が咲き誇っている広告
そうだ　西の京へ行こう
鑑真の里の白い花のほろ苦い甘さ
まちがえてはいけない　京都ではない
次は　京という駅
京といえばセシウム放出総量千京ベクレルとか
兆の一万倍という意味の駅
そこで降りそこなうと次は　セコイア
小さなスローなわたしは踏みつぶされるにちがい
　ない
殺人駅
ああ　これはなんと
殺人列車に乗りこんでいたのだった
最速×最強を誇るコンピューター列車
人間の脳など　まるめられ　見捨てられ
コンピューターが人格をまねると

人間の仕事はもう何もありません
あれもこれもロボットさまに
人間ときたら食べて飲んで排泄して
水曲のえん
アムールっこしてあどけない二(ふた)つ一(いち)の小惑星
アムールですって
たわいない
人間だって植えるのです
死ぬという言葉は消失したのでした
愛とか生命という文字も
一代で万年を生きていくのですわ
無量劫のかなたまで
見渡せど知りあいなどいやしない
臓器も入れかえておきましょう
車に油でも注ぐ具合いに
親とか妻子とかはセンチメンタルな孤独のつらら
億年をじっとしている深海魚のとなり

無表情にだまりこくって瞑想にふける

眼横鼻直なんていまどきもうはやらないわ
つけまつげの先をぴくぴく
女王ロボットのカン高い鼻声
七色ののびちぢみするネールは指す
一兵卒はボタンに手をかける

突如　月が落ちたような疾風

うみがめに変身したわたし
海の底から仰ぎみると
イルカが青い空をまたいでいる

深層海流

いま
たった一日で飛行機なら一周できるのに
深層海流は二千年をかけて緩慢に地球をめぐる
ゆるゆると
一万年をかけて地球のバランスを整えている

わが恋が
二千年をかけて届けるような
想いを凍らせていれば
成就出来たであろう
恋のしくみを
知るはずもなく
失恋に泣いた
男と女のへだたりは

それだけの時間がいるとはパスカルもいっていなかった
い
海の中を一陣の風が吹きぬけるのを
若き日は知らず
一夜を焦せる低空飛行を試みる

血液と海水濃度が同じでも
深層海流は塩を濃くして
来た道の海表を這って
海を抱いて四千メートル海底に帯状に沈みこみ
遥かに旅を続けていく
グリーンランド沖からメキシコ湾へ
血管を破裂させる程少し塩分を蓄えて
血圧を上昇させ
死をかけて持続出来る飛来でなければ
万年をかけて血を濃くしなければ
あの人のところへは行けぬ

氷河期の氷を融かして海を薄めてはいけない

このような恋を
血気はやる情熱というにはほど遠い
想いを凍結しなければ持続しない
深層海流が心のバランスを整えて
風をまきおこす

私は白い海馬にまたがり
ただよう海の藻をかきわけ
深海魚をはるかに上に見て
海底の空へおもむろに降下していく

そこはもう
まぶしいばかりの星明り。

POEMS症候群

まばたきの一瞬に八十年の歳月は入る　そこからはみ出してくる泡のような煙　なんてあぶなっかしい文字だ　恋　ひじ鉄やら毒舌　危いクールなのを追ってさまよい果て　いまもこれからも幻の薄闇　小花のじゅうたんに足の裏がぬれる　指先や脇の下に露のしみ　じっとり体液にからまり夜明け前の密林の樹木の息吹きよりねっとり汗ばんでいる　神の方程式というのかな　相対性原理に素粒子論をあわせると分母がとれる　それが邪魔したかアムール川が氾濫した　こんな風にややこしい数式の密林のおしめりのなか　狂乱の瀬戸際に追いこまれる　覚めてみると市街地は市役所とか　郵便局　バンク　病院　卍　学校　興味のわかないハードばかりの内部に　実は生活がじんわりよどんでいる　いつか花々の白髪まじりのめしべやおしべ　たまたま止った蜂や蝶も世代がちがうわ　とまどってひっそり去っていくのだが　旅立ちの前奏曲　四六時中気になっている時の流れも既に記憶になっていく　四十年前パリBdラスパーユ看護婦学校寮　朝食はバゲットとカフェオレにさざめき　アフリカ　ウガンダ　口もとにいれずみのスーシー　イランのマーヤ　いまアラブやアフリカで泣き声を殺し　逃げまどう幼児　老人たち　聖戦というテロに　いきりたつ若者　もう言葉ではわかりあい許しあえっこない　両者とも聖なる御旗をかかげるや思考は閉鎖　錯覚した思想の岩盤が割れるのか　それがごく簡単に女王蜂幹細胞をねらいうち　働き蜂癌細胞をなしくずしにしてしまう　人間万年の歴史の入りくんでいるが単純な構造を打ち破るのに不粋に銃をかまえるなんてのは今どき野暮　二十世紀はなんと暗殺の

世紀　二十一世紀的というのは中間の網の目の糸をすっと門もなく前ぶれも悪ぶれもなくいと正当的にはずすのだが　順序よく整列していたのを将棋や碁のぬきうちのテクニックでさっと平面を四次限に変える業　世界中から人材を求めてネット講座の形なきシステムにハードはすり変えられてしまう　向いあい良心と誠意　心のこもった静かな話しあいのさなか　あれあれ思いがけないぬきさしならぬデジタルにあう　仮面舞踏会のスパイは想定外の盲点からネットをずらす　それは鯨に立ち向ういわしの大群のように数量かしら　選挙も数　正義まごころグラフは統計の中にもう位置がない　数の差違なら人間は将棋の駒になりさえすればよいから深く逡巡する習慣は消えているアラブに春がきたなら　わたしの握ったおにぎりを断食の日だからとつらそうにことわった寮の仲間たちの笑顔を感じてうっとりしている間に当事者たちは編成変えしてしまうから季節はずれ　民衆はおいてきぼりを食うどころかサリンなどをばらまかれる　女子供が遊んだり洗濯したり土を耕して鍬をふり上げた瞬間　無人機のねらいうちにあう　抗してくるのと戦うのが兵法　銃弾は効率よく消費し給え　戦争とは情報操作と経済学だ無人機は正義の味方でも悪魔でもない　単なる戦場ロボット　人義や道徳観念を仕組むには　あれを誤爆というしたたかさ　誰の造語かそらとぼけた想定外という言葉　撃つのも撃たれるのもロボットなら勝敗は決ってくる　オリンピックは人間力であっても　コンピューターにはじき出せる金メダルの数
七億五千万円ゴミに捨てたとがれきの上を茫然ビットコインを探す男　金ではない紙・アルミの貨幣もまさしく仮想通貨だ　オンラインで生きているコイン　レーニンやスターリン像がひきずり

おろされ　ベルリンの壁が崩れた　革命という騒ぎもなく　小さなビットコインは老いぼれ資本主義に風穴をあけられるか　トンネルなら切羽で穴をあけそこにダイナマイトをしかけるのだが　小さなコインを無意識に扱う若者の無数の華奢な手は何も証言しない　サイコロをふり遊びのように恋して連続していく　不思議外におきっぱなしヤップ島の巨大石貨　妙にちがう価値基準　億年を存在してアイソン彗星は太陽に接近するままに蒸発したという

セシウム　トリチウム　ストロンチウム　海洋へ漏れ出したのは幾ベクレルとなるか　まばたく一瞬にして魚は死ぬ人は死ぬ海は死ぬ　ここはヨルダンザアタリキャンプ難民の白いま白な罪なきテント村　シリア　アフリカ人の排泄物を処理出来なければ二億人の死はまのあたり　白昼の闇にこうもりのようにぶら下る人間力　まず雪隠をいそぎ給え　古くさくうさんくさいむさくるしい手仕事に汗を流そう　病の軌道を少しオンぱずれるのだ　ウインクも途中に無と溶けてしまうくらいなら軌道に忠実に流れなくてよかった

小さな氷の星　いとしい旅立ちよ

ふえる水滴のエチュード

　かぐやがとらえたのは　満月でない満地球である　宇宙にただ一滴しかない大粒の神聖な涙の雫

　売れない水呑み作家はきょうもうたたねちゅう　よだれ　汗　涙あるいはのみこぼした雫机に落ちた水滴を指先でつぶして考えごと　つぶれないふしぎ小さな幾粒かの水滴にふえる

　これなんだ　やぶの外科医がガン細胞にメス入

れるやりくちは　下手な政治家が中小企業つぶし
にかかるのは　公園に野宿する浮浪者払いは　フ
リーターを規制するのは　小さく分裂してふえる
術は微生物のマナー　マルチチュード軍団の習性
　植込みの隅っこから汚れやせっこけた小さな浮
浪児があばら骨もてあまし裸同然　涙の海に沈澱
する眼光　あちらからもこちらからも
　こんな簡単な数学を資本主義は忘れてしまって
いた　マグニチュード九飽和度
　ガン患者は転移のさなか末期症状　資本主義末
期に対処できるホスピス作りを始めて下さい　働
かざるものも同等に分配する法則はもう立証ず
み　中道を探している坊さん　末期癌のようにと
び散った小さな水滴のような職なきものたちを
スペースシャトルの捕えた満々と水をたたえかぐ
わしい青い満地球では大御馳走とまではいきませ
んがまだ用意があります

一台の救急車がビルの屋上めがけて這い上って
いく　クワガタのように
　売れない作家が今日もエチュードをくりかえ
す　机の上にこぼした水滴をわるあがきにあきて
も　のびた爪の指先でつぶしているきこえない音
の低周波
　陽が射してくるとその水滴もいつかしら消えて
しまう　有為転変（ヴィシシチュード）

修学旅行

小鳥の羽と紅葉の奏でる
古代音曲の下
画用紙とクレパスの宴

七千億回も同じ金色の宮殿を
再構築しては恐竜たちを招き入れた
白亜紀から銀杏の樹は塔の形して
祈る

千手観音を
描いてごらん
たこ入道になってしまった
同一であることがかくも異質なのか

祈りながら歩いてきて
たこ型地雷に片足とばされ
ちょうちょうを追ってわなにはまり
絵を描きたくてペン型地雷をつかんだ
遠い国の子供たち
同時であることがかくも異次元なのか
地雷と観音を同類項で結ぶ数学を

子供たちは考えては疑い祈っては不安になる

阿修羅って君に似てるね
似顔絵かきながらカニ型になる
それでは四天王はというと
東と西の横綱を呼び出し
行司が探しても北と南は何故かいない
野球しようと十二神将を描くと
三人は補欠だ　トリイヌイ
恐竜にまたがる仏像は何故いない

あちらでは
金網ごしに涙につまる難民の恋人たち
こちらでは
鉄柵を隔ててなめあっている鹿
みると汚れて左後足がない
あぶない

道路はミサイルのように千年の奈良公園を貫通していく

小さな祈りの肩に翼が生え
上昇気流にのって遥か山々を越えていく
両眼・両足・両親
ある限りのものを失った
人たちのもとへ

いちょうの樹は唱和して
塔を自らこわして針となり楔となり
億年を呼びさまし
一斉に金色の吹雪となった

後部座席

うっすらと目をあけて後部座席で眠ったふりしていた十一歳の少女は知人の三歳と四歳の兄弟を軽々と橋の欄干から川へ放り投げたその黒い影をみてしまった
水面を浮かんでは沈み沈みかけては浮かび沈んでいく幼子たちをふり払いたい忘却の汀に片時も忘れず立ちつづける
父母、祖母、養護施設、警察誰からも　見放された子供たちは殺した男の一番優しかった娘の心に魂をあずけてしまった

少女はやがて人を想い恋を得て男子を生む　乳房を含ませてしげしげと眺め入るその眼は父が殺した子供たちのうらめしいまなこに重なる　過去

と未来未分離の網をかいくぐり柵なき霊は行き違
い鏡をたち割って　くぐもり紛れ紛れた藻にから
んで通し狂言が粘りついた水のようにぬめってい
く

子供だったから拷問されずに済んだ
冬の思い川は悶えてしぶきを凍らせしびれてい
る

大人になれない子供たち

○

子供たちは殺さず売った方がよい　追いつめら
れた者の知恵　買った子供はレイプしてから銃を
持たせて殺しを教える
至るところ後部席から無数の眼　目は　みたこ
とで受刑される　叫んだ口に猿轡　開いた脳は封
印される　事件は古びた写真のように昏くなる

大人が子供だった頃のくりかえし

声で申すものたちよ

一、黙って死んでいった君たちに

祈るのは五体満足という　ひとこと
おおいなるものの差し出す　おめぐみ
いのちには申し分ないだけの機能が充填されてい
る
足を鍛え　脳を使う　指先を動かす　心もくだい
てみる
それがさ　生まれつきなまくらなのさ　きっと
楽ちんが好きなのさ
声だすのも　オックウ　このごろ
子供までが小さな四角いキカイをいじくりまわす

ポケットに巨大な宇宙ネットをしのばせて
そこにうじうじいじめ虫が巣くうのさ
そうっと　芽ものぞいている
羊水の中から明るいところに転げおち
声をあげた
泣いたといって　こぼれる笑み
オドロイタのだ　頭うちつけて
声だしたこともないだろうに
発声装置を使いこなさなくては声にならない
それ　うながしてくれたのは　なにもの
赤ン坊が声あげずケイタイ押したら
輪になった周囲は　めいるしらける
ひとりからひとりへ闇の直線を走る電波
こどくな内緒ばなしなど
声は大気とひかりをまといころげまわる
声はみんなにきこえる　みんなのものだ
キカイにかわらせていると発声機能は退化してい
くよ
千万年の時を経て何ものかに奪われる
ことば　ハジメニアリキ
示し申すと書く神という文字
ロシア語　フランス語　日本語…
圏では失語症　狂気　遂に老人性痴呆がきても
ツジツマ合わないが
文法だけはまちがえない　不思議
母親が教えるのでも学校でもない
永遠の億のことばの連結ネット
人間だけが無尽蔵のことばを縦横無尽の仕掛けで
　組み合わす
言葉はひかりある方角へしか投げられないボール
だ
生命(いのち)の塊のように
光へ飛ぶ球はまず光がキャッチする
ことばは大気を吸ってひかりにくるまれ

泡立って浄化していく装置なのだ
声は五体をめぐるみちるいきるサイクル
声は消えるとも消えない　神の使いだ
生命の果までもつきまとう
記憶の宇宙のなか

声で申すものたちよ

二、めぐりめぐりて

五回なぐった　いや三十回　五十回
殴られた高校生は自殺した
弁護士市長　それは犯罪だ！
どちらがと問う
阿呆なわたしは叫ぶ
どっちもこっちもあるものか
死んだ方が悪い　死ぬ方が罪深い！
生命とスポーツを天秤にかけてみな

過疎化していく農地
春でもないのに何やら芽ぶいてくる様子
自然の草木の芽なのか　あるいはこの頃はやりの
芽なのか　早く気づかないと
日本列島　原発の放射能のように蔓延しかねない
二〇一三年は尼崎事件で明けた
人間缶詰が幾つか海から上った
餓鬼道とはここに極まる
問答無用　女は牢で煩悩のまなこ閉じた
二〇一〇年代の子供の自殺統計
自殺四百人あまり　未遂その十倍
先史以来　子供の自死はなかった
足を奪われ血まみれの羽　力つきても　ただ生の

方向へ
舵をきる森の動物たち　奴隷でさえ
本能には自殺というスペースはない
誰かが教えたのだ　迫ったのだ
なんと伝染性がある　どんなウイルスより即効性
　があある
自死に至るとは立派なものだ
イサギヨイ
ああ　特攻隊　これも自殺組だ
聖戦と名のつく破滅
教師たちよ
算数　国語　社会あるいは物理
何故　生命の重さ尊さにひれ伏さない
ヒロシマ　ナガサキの惨殺の後で
生きながらに　ケロイドの苦痛をひきずって
親孝行な子供たちよ
究極の悲しみのドン底に愛する親をまず陥し入れ
る行為
それは子供なら選ばない
死といじめは次元がちがう　死に至る苦悩
生の出口と死の入口を行きつ戻りつ立ち止り
それをふっきったのは　ふっきらせたのは
ひょっとすれば　ひょっとして　めぐりめぐりて
心やさしい君たちは
見えぬ何者かに選ばれたのか
自死へ招いたのは
大人たちは思いあたらぬのか
生の出口の門を開けた覆面の正体
人間が自然へ放ったいじめの矢
ヤンバルクイナの細い足に　イリオモテヤマネコ
　の神秘な瞳孔に
ニホンウナギの稚魚の背に　ほのかに香る草花
ああ　南極半島の氷河に入れる鋸の音　オゾン層
ふらりと泳ぐ力ない精子たちに

資本主義のなれの果　共産主義のひずみっぱなし
思い上ったヒューマニストたちの
想定外という新造語
火に使いまわされ　二足歩行では足りなくなった
　万年あまり
文明に溺れる人類のみたものは
可愛い我が子の黙って自死した無惨な姿
人間にもう用ないという暗示か
哲学者・科学者・宗教家の唱えてきた　イズムは
　ずたずた
神は子供の死を通してしか空（クウ）の一言を伝えられな
　かった
今日　血を流し息たえだえのシリア、アフリカ
地球至るところ　やせこけた子供たち
野暮で頑迷な大人たちの
文明最先端武器の暴れまわる地域
テロとのまことの対話
無量のことばのネットを和で絆ぐ論理の仕事
何よりもまず　強い側のへり下り引く構え
待っているのは
育ちざかりの　今生まれたばかりの　頑ぜない子
　供たち

声で申すものたちよ

あとがき

表題のＰＯＥＭＳとは病名のそれぞれ頭文字である。世界は病んでいてその回復の手立ては難しい。そしらぬ顔してこの世を去るわけにもいくまい。敗戦の時、私は女学校一年生で教科書はなく口述筆記をした。ぼつぼつ本屋さんの棚に本が並び、私が先ず手にとったのは『空想より科学へ』、ついでヘッセ、ハイネ、リルケの詩集、ドイツ文学でしばらくしてアラゴン、エリュアールにかぶれ、レコードでフランス国歌を原語でおぼえ、仏語辞典を買った。肋膜から脊椎カリエスを病み、ギプスベッドで錦米次郎さんの薫陶を受けた。長谷川龍生さんの詩集『パウロウの鶴』を読み開眼する。

表紙カバーのコラージュは春陽会の前川鋼平氏にお願い致しました。詩誌「火牛」の重厚で深い詩作品、「BLACKPAN」の奔放なイマジネーション、「三重詩人」のリアリズムの追求、各詩誌の先輩詩人、仲間たちに励まされ教えられてここまできました。

本詩集刊行にあたり、土曜美術社出版販売の高木祐子氏、「詩と思想」編集長一色真理氏にお世話になり心より感謝申し上げます。

二〇一五年十月一日

加藤千香子

詩画集『Collage 症候群』第一集（二〇一六年）
全篇　詩／加藤千香子　コラージュ／前川綱平

飛ぶモノ

台所が小バエに占有された
飛ぶモノは何故かモノの端にとまる
紙袋ひろげ　退治するにも躱される
獲物をとらえる　天敵をくらませる
それが生きおおせることのすべて

こちらをみてにやにやしている
何処か星のハシッコであぶなっかしいＵＦＯ
それはカタチあるモノか
肉眼にはみえないモノか
星という星　どれも球形それとも星型

円のハシはどこだろう
それらと交信して　アンテナをみがく
コーヒーとか　アサイーをのみほし
アマゾン最後の秘境　ガリンペイロ
雨燕の巣に　はしかけたい
失うだけ失ってしまった　わたしの
感性を触発させる

ムッシュ―マエカワの　コラージュの
ハシッコ

スピードと静止

リニアモーターカーの比ではない
猛スピードは静止にみえる
ナスカ高原　全長百メートルのハチドリ
春浅いカリブ海　時速百キロのバショウカジキ
いわしのベイトボールを喙で叩きつける
よくしなう金属棒　黒の喙　一網打尽
気絶する　銀色のマリンスノー
万年　直線の白い喙はくねらず受身である
万年前の線の構築　それは異星人か
それはホモサピエンスであったか

おごるナノ二千年
ハチドリのうたがきこえてくる
リニアモーターカーの比にあらず
静止とは超スピードだ

虹のなわとび

夕立のあと
樹敬寺の隣の銀行跡サラ地
泥の水たまりにうつる
ああ虹だ　海から山の方へ

ある限りのものを失くした子供たち
原爆浴びた無数の霊
無念な死に方した人々
テロに加わる青年も
みんな虹の橋　渡っておいで

大団円がまわりはじめる
空の虹は泥水に反射して舞いあがる
虹は泥につかっても汚れない

空まではねてもちぎれない
鳥　けもの　虫も手伝って風や気流にのせ
力いっぱい泣きながらふんばって廻している
虹のナワトビ
一緒に飛べばみんななかま
ひと足跳べばひとつのうらみ
ふた足跳べば二つの輪　三つの環　四つのワ
へってもふえても　笑いだす　歌いだす

空の虹がはじめに消え
泥の虹があとで消える
つないだ手のぬくみだけつないでまわる
まわりつづける　もうとまらない
虹のナワトビ世界をかける　ゆっくり

さくら

うすくれないのかすみ
幻のなか　くろぐろ幹がすいてみえる
このうつくしさにうなされて酔う

幹は星霜を経て　水を含み苔むし黒ずむ
樹皮はとしよりの肢体に透けて浮かぶ血
管のように寒さに血圧あげ縦にひび割れ
噴きでる赤い樹液　血なまぐさく汚れて
いる幹　突風に横倒しに斜めに裂かれ堤
防にのたっている　それでも時期になる
と何処にでもさくらの簪（かんざし）　枝伸ばした分
同じだけ根を張り蕾を吹き出す　ふとい
胴体にも花のかんばせ　身体中花咲かせ
る不思議

さ一文字でカミ　くはくら　神の倉　生
命はぐくむ田畑の神　丸くふくらみかけ
た小さな灯り　田圃の苗いそげという徴（しるし）
散る花を袖にうけ無常感じた平安王朝
肩にかかるはなびらは狂いの関　さくら
の木　切れば祟（たた）る

うすくれないのかすみ　隠れている何か
引きずりこまれるようにしてねそべり
酒に正気失いつつ　酔う　まぼろしに
うすくれないの妖気

神話

サクラよ
いかりの枝にからんでは花は咲かない

いかりとさくらの七ツボタンに胸襟閉ざし
月月火水木金金
はなになれ　もっとはなになれ
土曜も日曜もなく
花になれよと　仕組まれた
咲けば散るほかなし
この国の若者たちは散る訓練をさせられた

来るべくしてその時
零戦や人間魚雷に乗せるために
生かされた
満開の青春

女たちは千人針の手をやすめ
竹槍を横に絣のモンペの腹を撫でさすり
産んだおぼえなどないわ　花の桜

不倫したかと疑われ
木花之佐久夜毘売は天孫邇邇芸命の
口許で　キスをかわし
うたにうたった
八尋殿を土でふさぎ
産屋に火を放ち子を産みおとす　と

自然の装置

春一番というような
颯爽とした風でなくても
ごく控えめないつも吹いている風を待ち構え
タンポポの綿毛は飛ぶのですが
再び親のもとには帰れません
寒空にも春の息吹きを感じた種は
土からそっとのぞいている

二度と土中にもぐれません
双葉になり茎がのびる
広くなった視野にキョロキョロ背伸びする
伸びた背丈はもう低くなれません
蕾になり花開くのですが
風がきてももう蕾の形にまとまりません
風がこわい　踏まれるのがこわい
叩きつける雨や雹　降りつもる雪がこわい
けれど
森羅万象の調和は苛酷極まる規律
自然の摂理は　ただ一回限り

わたしも笑ってしまえば微笑もうとしても
白髪は黒髪のぬば玉にもどれません

爆撃しかけたのは

市街地で　つぶれた建物が燃えている
三日三晩　燃えつづけ
森林に飛び火した
大人のしかけた無差別爆撃で
声を失ってしまった小さな鳥は
喙から血がしたたるので
泣きながら　草むらに字を書いた
大人には読めない鳥文字なら
人文字の読めない分　幼児（おさなご）にはわかる

子供の掌に入るような
あどけないきれいな色の鳥だから
やさしいしぐさみんなこわれそうだから
銃持ついかつい大人の手では

握り潰（つぶ）されてしまいそう

爆撃をしかけたのはどの国の人でも
計算ずくの大人だから

子供もいまに大人になる掟

トンコリ

かささぎはひかりの粒を集めてきては
音曲を組みたてる　山水画の風景
隠棲した陶淵明は所在ない空白の心に入魂の頁
没弦琴（もつげんきん）を袖に抱え　爪弾いては酒をのむ
老いてわたしはアイヌの友の
トンコリの音なき調（しらべ）に耳をすます
時空の醸す風わたる静かな気
森の泉から噴き出してくる
澱んだ無念のことば
あふれ出てくる哀しいささやきの意味
森の樹々にこだまして蝶渦となる
出逢う筈のない時間をゆり動かし
無音の音楽は調和して

切りとられ　けずりとられ
また重なり
異様な表情の作品群ににている

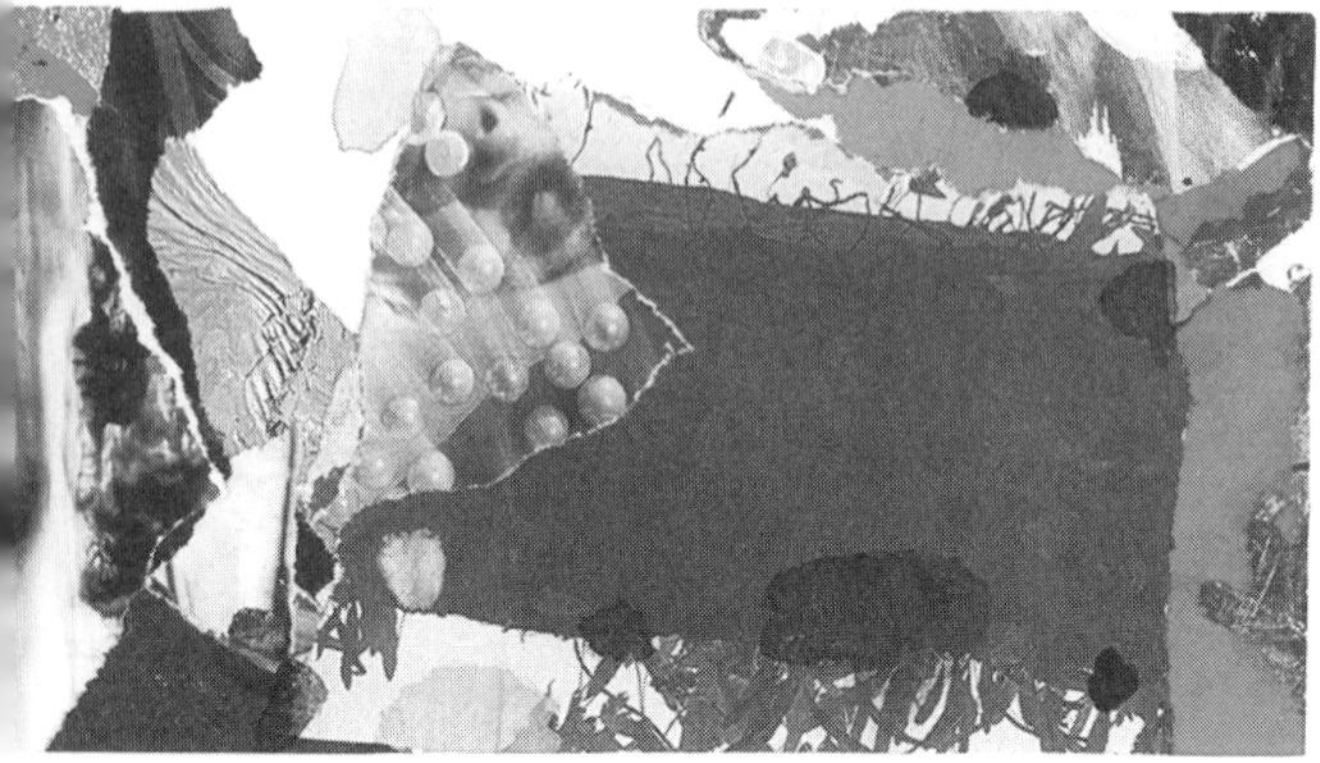

電子ドリーム

夢の入口で電子扉をあけなければ
花咲くロマンの物語の森に入れない
そこでやっと想いのたけの人と出逢えた
けわしくあついアムールの雨や雹をふらせた
しがみついているのに
ではきぬぎぬのわかれね　といっても
電子扉が閉っている
門や鍵を狂わんばかりに探すのだが
どのキイもあわない　さんざんじらしたあと
何とかした拍子に開いたが
今度は開きっ放し
現実のような厄介なドリーム
乾季のアマゾンでユメ食う獏をみかけたが
明方　夢を手放さねば

あるフランス詩人の脚本のように
あれは猫が見た夢をみていたので
わたしでなく電子ドリームの仕業であった
機械の方が夢みて　人間のわたし
もう夢の方から　きぬぎぬのわかれを
引導されてしまっていた

まつりがはねて

もしやと思い漂流物辞典をもとめる
津波の情報や地中海あたりのことも
東北の友人　シリア　アフリカの友
ひょっとして　難民船が転覆し
泳げない子供　老人　病人
ただよったあげく　何処かの岸に漂着
ぼろぼろの洋服　下着
全裸の人が流れついても
もの言わぬ死者は弔わねば
百年たちばらばらにはずれた肢体
更に時ふり白骨化して苔むしている
それは藻屑ですか　モノですか
そうしたモノにまといついている気
モノのケ

辞典めくってもみつからない
実像ではない気　表現のしようがない
二〇一六年　じんるいのたどりついた
究極の化学兵器と未知のわかれ目にメス
毛細血管からしたたるホワイトブルーの血
青空の下
転倒儀礼がそこかしこではじまる
夏至の日　スワジ王国のインクラワ祭
モザンビーク　トンガ祭は年の始め
サンドウィッチ諸島のオルギアでは
世界は逆立ちになる　王様が乞食
弱者と強者　する側とされる側

祭りがはねたらたらふく食べよ　眠れよ
母国シリア　アフリカへ
おどおどするものはもういない
口笛でも吹きながら目を細め
ごくあたりまえに家路につけるように

実験室

とうとうメルトダウンして五年を経ても手がつけられなくなったデブリ　この宇宙のどこかにひそんでいる得体しれないあるもの　何色でどんな形をしているのか　何を食べてどんな風に生きているのか　わたしなどにわかるわけもない　どうもそれは放射線を食べ咀嚼して生きるらしい　放射能サウナにいれられさらされつづけても身体中ぐじょぐじょメロメロになっても修復するといういきものを飼う男の殺風景な実験室　頑強な金属性のパイプと蓋物ばかり　その中に世界最強の王者横綱がいる　もう一方の横綱を探せばそこに身体こそ大きいが最も弱い方の王　人間がいた　四股（しこ）を踏み不知火型の見せ場を作ってみえをきるがまだ名乗りあげてこない相手の顔が見えない相手そのものは生物である　人も生物である　この世にも恐ろしい実験にうつつぬかす　孤独超俗のひとにささげたい生命（いのち）の花

眼

いま　生まれたばかりの星には
ふらふらゆれている海草やら
くらげよりもシンプルないきもの　うようよ
何て退屈なうす気味悪い世界
ある時
明(あか)りのわかる藻を
ふとしたはずみに食べたのがいて
ものの影がみえた
すると勢いづき　食べて強くなっていく
太古　何十万年経たか
ガラス体に進化した眼
識別出来れば脳も複雑になっていく
生存競争がはじまっている

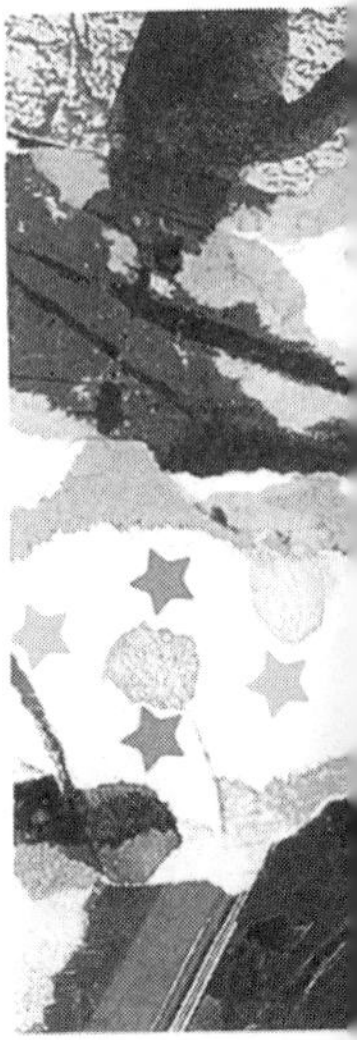

生まれてはじめてみたものは
と問われても　こたえられない
母親の乳房にしがみついていて
赤子の眼はまだみえていない

盲目の眼だけが感じる
眼が聞いたのは銃声
眼はさわった　骸(むくろ)に
眼は醜悪なものを嗅いだ
眼は踏んだ　戦場におちていた無惨な叫び声

眼は見た　人が人を殺すのを

詩画集『Collage 症候群』第二集（二〇一八年）
全篇　詩／加藤千香子　コラージュ／前川綱平

野菜たちのコラージュ

コラージュとはその高低が見えない分、ピラミッドとかスフィンクスに何故かみえる。横穴からしっとり冷んやりした薄気味悪い風を感じながら階段を降りていくと壺がある。古代の人のざらざらした指紋となまあたたかい感触が残っている。何気なく足を踏みこむと坐り心地よく眠気をさそう。背後から笑い声がもれてくる。卑弥呼たちも腕まくりしてみんなで収穫した野菜を洗い、解体してひきさき手でちぎりつみ重ねてコラージュしていた。よくみると黄色い髭のふさふさしたとうもろこし。眠りながらうつつでみているからどの位の時を経たのかわからない。雪の精のような白い粉状の妖精たち、なんと大勢でおもいおもいに踊っている。甘・酸・辛・苦のグラデーションのトンガリ帽をそれぞれ被って〝よく精が出ますね〟味覚のオーケストラ。「黄泉の国と生の世界をつなぐ田畑を耕す小人たちに候」シャボン玉の色とりどりの泡のクッションに伏せっている感じがして深い眠りについてしまった。一週間ほどしてラマダンの日の夜明け、目がさめるとあの子たちは隠れてのぞき見している。あまたの視線を浴びながら大きなあくびをすると、だれかの投げつけたチーズのクリームのような、えもいえぬ深い味が舌をこくみで包む。わたしは夢幻能をみていた。とうもろこしが化(ば)けたのでした。これが「実はGv(ガ)・No(ノ)・He(ヘ)・Nv(ナ)に候」ああ夢に味わった忘れられない絶妙な味。古代チェロキー族の偶然の所産か、何代もかけて作り出したとっておきの濃厚

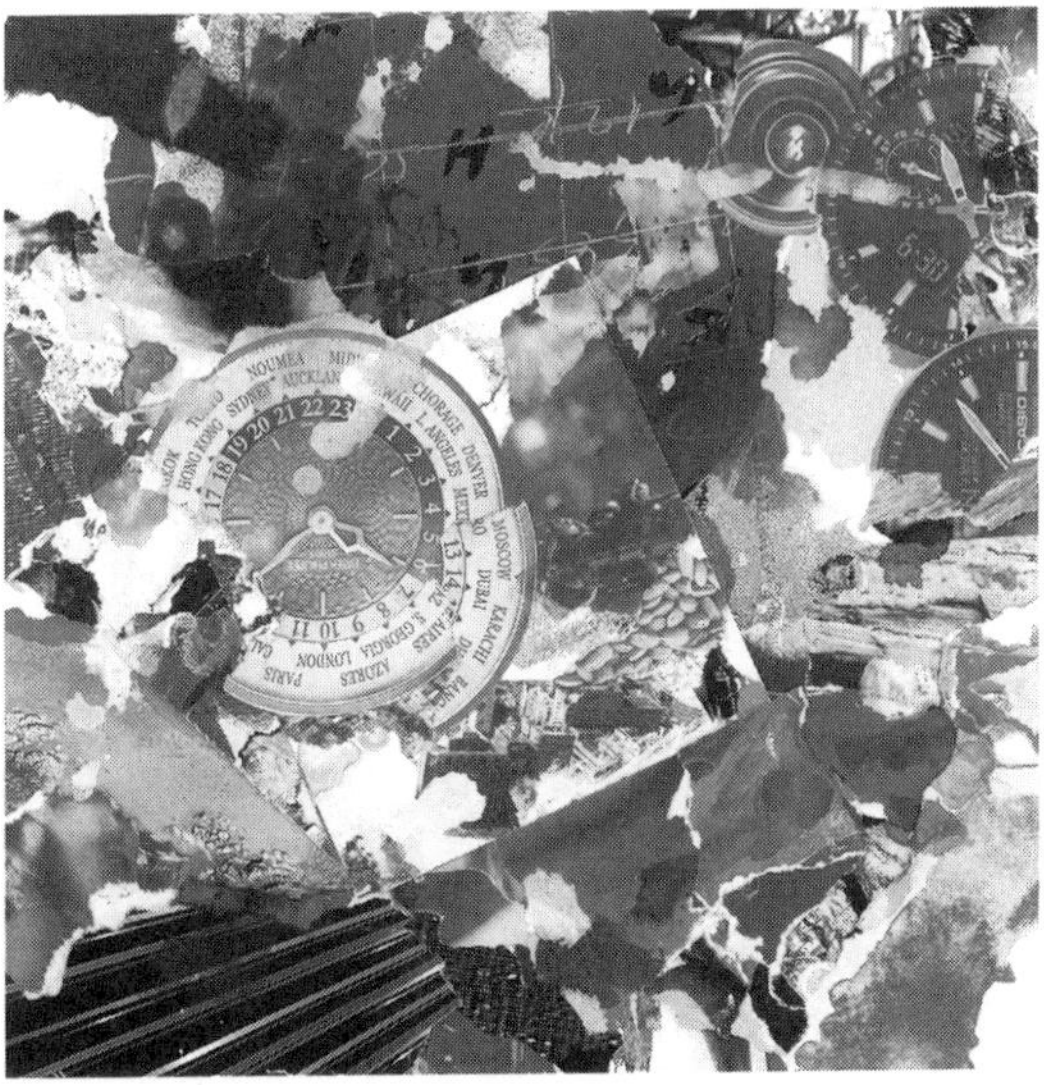

なチーズ風味。チェロキー族を象徴する味。その力強い濃密さ。ひ弱な現代人には及ぶべくもないこの味。まだ文明にさらされていない荒けずりの風雨。そのままの大地、強烈な太陽にしごかれた剛健な古代食。

わたしは眠りからさめこれだ！　叫び声をあげ立ち上り小さな家庭菜園からキャベツを一個抱えてきて解体して洗い、葉を小さくちぎり重ねコラージュをはじめる。ただあとは待つという怠惰な作業。みていてごらん、白いちっぽけな妖精たちがせっせと耕している。あの世とこの世の土壌を掘りおこしせっせと混ぜ合わせ、攪拌し、そこには鍬も鋤も人工的な物というもの一切なく、ちっぽけな彼らのちっちゃなかわいい口から出る唾液をほんの少しかみしめ吐き出し混ぜ合わせ　根（こん）のいる仕事だなあ　五日もたてば微妙で妙香　南無妙法　南無妙法　俗にザワークラウト　ドイツ名物料理発酵食品だ。ソーセージ、ライ麦パンにカラシを白いマイセンの大ぶりの皿に、出来たてキャベツのファイトケミカルをそえて、病なんか癌なんか飛んで行け。この強靭な美味を作りあげたのはあのかわいいバイキンクンたちの仕業でした。

解説

跋

港野喜代子

加藤千香子さんが、ちびっ子の病人のくせに、欲ばって勉強し、欲ばって仲間を愛し、欲ばって詩を書きつづけて来た生き方をまずほめます。

彼女が常に病床の生活体験などにとらわれないで、社会人と対等に、むしろそれ以上の手ごわさで詩を追求して来て、その上、決して悲壮な気負いや臭味なんか少しもないのは、やはり長い年月、ギプスベッドでがまんしつづけた、がまんさを、そのまま詩の中へ燃やしつづけてきたからでありましょう。乾燥させた忍耐力みたいな呼吸です。この詩集の中にも、ほんとうは、作者の内部の異状さや焦りがもっと作品の中になまなましくつき出されてもふしぎではないのに、むしろいじらしいほど、まともな健康な詩の眼光をとって、うたいすぎるとも思える詩がいくつかはあり、それは、彼女が三重詩人の同人であるせいだときめてかかる人々もあるかも知れないが、それはこの人の詩を書く最初のきざしの中から自ら育んで来たもののせいだと思います。

加藤さんは、いわゆる、病床のつれづれさや、ぐうぜんさや、浮き上りから詩を書いたのでなく、社会の中で、どうにも始末もつかないし、つぎつぎおこる問題を、気さくに、自分で書ける詩の中に持ちこんで、整理する方法をとって来た人です。どの詩も結局のところ、作品としての良し悪しよりも、どの詩にも十分に体温をとおしたことで、加藤さんの個性が通用していると信じます。そしてその個性はまだ十分こりかたまったものでないこともこの人の場合、より大切な条件です。

加藤さんの古い詩で、「なつのめぐるたび」と言う題のひらかなの作品があり、おもしろい一例になると思います。

ふいに
しおをかけられはしないだろうか
なめくじのように
じくじくと　うみをだし
しろいちをながし
とろけて
ぐにゃぐにゃと
やけいしに
かんぴんたんにへばりついても
ないぞうには
てがはえ　あしがはえ
むかでや
あかむけのとりのようないきものが
にょきにょき
ぶきみなおどりをくりひろげ

と言う具合に、この詩自体もどこまでも、

（前略）とほうもなくのび
ずんべらぼうや
つんつるてんの（中略）
ひきずり
くねりながら
みしらぬ
ちゅうにういていく（後略）

こうして彼女の繊細な筈の内ぞうから、不意に、大男も顔まけするような野放図なリズムが、くねり出しつづけるわけです。そうかと思うと、せっかく一つの新鮮なヴィジョンをうちたてながら、たちまちおしげもなくたたき切って、あとは誠実一点ばりの不器用な目的詩の方向にやりのけてしまったり、分類するとかなりはらはらさせられる作品もあります。が結局のところ、この一冊の詩集は当然、作者がかなぐりすてたギプスそのものであり、なげすてられたギプスの存在する構図として成功していています。と言ってどこまでもこの題が特異だというのではなくて、作者不在のギプスと、作者がしつように、こびりついたギプスについて、作者もあらためて、噛みわける仕事のはじまりがこの詩集になるのでしょう。

私が加藤さんにはじめて会った時は伊勢平野は、菜種の花ざかりでした。季節のせいもあってか、まだ熱っぽい頬で、松阪の町の一隅の静かな家で、病気を克服すると言うよりは、病気なんかに負けっこない目玉をくるくるさせている彼女に、私はなぜか十分安心なものを受けました。

期せずしてこの秋には、ゆうゆうと全快の証しをとったかのように、京都の病院から大阪へも足をのばして、雑踏の中へもノコノコふみこんで歩いていく加藤さんは、この詩集にさきだった人間の収穫を抱えていたのです。その意味でもこの詩集は私にもよろこびです。

毎日毎日の気圧や社会の現象を、背中の疼痛をとおして、いやと言う程、自分に課してきた加藤さんに、これ以上何も言うことはないわけです。

〈自分の内部から事実として吹き上げてくるもの、自分につかみかかるもの、うずまくものの一切をもう一度、あらゆる人々の掌や眼や唇におくりこむ作業からも詩を学びたいこと〉

〈私も詩の領域をまもる仕事をとおしてのみ、未熟な詩も成熟して行くと信じて、今はうんと低い姿勢で詩を我が身につけて生きつづけるコースを選んでいること〉

私もこの間、こんな意味の証しを書いたばかりです。

苦労な病気とよく闘った若く、つよく、やさしい一人の詩の友をとおして、又、たくさんの苦闘の友が、身体をまもり、詩をまもって下さることをねがうのみです。

（詩集『ギプスの気象』跋）

レクイエムを突き放す賭け
――解説にかえて

長谷川龍生

加藤千香子さんがフランスのソルボンヌ大学に遊学し、身につけて持ち帰ってきたものは、少々のフランス語力と、美味料理の実地学と栄養学だけではなかった。半世紀以前、アメリカのペンシルヴァニアにバロウス・ダンハムという思想家がいて、「現代の神話」（正しいものの考え方）の中に、コトバの多面性について言及し、コトバは、物、事件、関係、性質、分量を指示することができると述べている。コトバは、つねに流動しており、ある種の古いコトバは消えていき、新しいコトバが入ってくる。古い意味は、新しい意味に時代に対応し変質していき、その背後にひろがっているイメージの領域も大きく変化していく。このイメージの領域は、意味性プラス連想性と解釈してもらってもかまわない。この連想性の段階で、現代詩なるものが、大きくかかわってくる。連想性の幅を大きく広がり持っているか、幅せまく小さくまとまりを見せているか、それはそれぞれ現代を生きる詩人たちの詩作方法によって自由であるが、加藤千香子さんのスタンスとその方法は、大きな幅の側に与しているだろう。さらにコトバの関係性の中に、アソビと、滑稽さが加わって、全体を興味ぶかく支えている。そのことは、この詩集を一過性ではなく、じっくりと読破すれば、じわじわと判明してくる事柄である。抒情性は、いわゆるうそうそとした短歌的なものではなく、体内の肉の皺から発する乾燥した人間そのものの抒情であり、読者にとって、その感受連繋は、屈折したものもあり、ふくざつなものもあり、いちだんと濃厚な皺の部分をかたちづくっている。

つまり、平凡な、あるがままのものではない。そこで、偏向した勁さが発揮されているのである。

この加藤千香子さんの手法は、知的で、たのしい。たのしいが、少々怖しいところも迫ってくる。自己の形成をよくよく知りつくしていて、女性の体をもって、体当りのような自己反省をくりかえし、男性が本来持っているような観念の場所にとつぜんに踏み込んできたりする。いわば、思考する力の動きのような霧を吹きかけてきたりもする。そこがまた、ふしぎな滑稽さを生み出し、たのしさを増していることはいうまでもないだろう。ソルボンヌ遊学は、お嬢さんにありがちな酔興なものではなかった。いろいろなコトバの関係性に目ざめ、人間たちを見つめる深い眼力が、内なる方向にも、外なる方向にも、双股にできあがったのである。

加藤千香子さんの詩人としての人柄はじつにすばらしい。どうしてこのような人柄が誕生し形成されたのであろうかと思われるほどに、正しいものの考え方を行為していく。まっとうであって、でたらめで、いい加減で、何かとまことしやかなとうかい趣味とフィクションを盾にしているわたくしごときは、たじたじである。たじたじの態であるがゆえに、すれっからしの人生が即座に剝ぎとられていく、青空が見える。わたくしごときものにも、青空が見える力が今でも少しはのこっている。そのような感動の瞬間に、襟と、身を正しくする。貴重な、きびしく、ゆくりない時間にすり寄っていく自分を発見するのである。

余計なことではあるが、加藤千香子さんの人間形成には、彼女を生んだ母親の力量が大きく作用している。母親のふところの深い、知慧ある愛情、きびしい躾、寸鉄、わが娘を射るコトバ、その膝下に育てられて、この詩人は基礎のしっかりとしたものの考えを持つに至った。そして、豊かさ、自由さ、単なるおおらかさではなく、深いまなざしをある瞬間に集中的に発揮させる人間性を、母親とともに持ちこたえて、この世を生きぬいていくことをおぼえた。わたくしは加藤千香子さんの母親なる人に拍手をおくりたい。よくぞ、詩人としての基礎になる鍵を与えたものだと。

加藤千香子さんは、パリから日本に帰国して、しばらく東京の神田川のほとりで、勉学してきた糧の復習、整理をしていたが、それが終了して、故郷三重県松阪市新町の自宅に戻った。近くには本居宣長の鈴の屋が在り、梶井基次郎の「城のある町にて」を書き綴った陋宅ものこっている。実際には刺激の多いめぐまれた文学的環境に在るが、その自宅から、地元の大学にフランス語を教えに通っている。そして「三重詩人」という運動体に加わって健全に詩作をつづけている。

わたくしは、単なる直感的な感受性（感受性にはさまざまな細緻にわたる感受の柱が、数種類も屹立している）によって、加藤千香子さんの作品群に対処しており、少しずつ、わたくしなりの解読じみた事柄を述べていきたいとねがっている。その目的が、この解読の場で達成されることは不可能であろうが、わたくしなりの身勝手な指向性に少しでも、読者の共振の部分が発見されれば、それにこしたことはないだろう。

この詩集の最終を飾る「レクイエム」は二五〇行にも及ぶ長詩であるが、作者の現在の肉体思考と哲学性とを明らかに表白している。この作品をげんみつに読むことによって、思想性の行方が明確になってくる。

女性は「子宮」（子孫をはらみ子孫をのこす）で考えをまとめ、のばしていくということは、現在では何かと俗次元のところにまで言及されているが、ここでは「子宮幻想」があり、「子宮喪失」が実際にあったとしても、子宮の痕跡はめんめんとして残存している。女性は子宮をうばわれ、喪失したとしても、女性の実体を止めたりはしないのである。女性の火のように燃えている子宮執着はすさまじいものであるし、それゆえに「子宮幻想」が成立するのであろう。破損していない子宮を維持している女性の力量こそ、社会的地位に安住し、権力を行使している男性にとっての、それを上回る証拠物件である。

この作品は加藤千香子さんにとって、明らかに「レクイエム」かもしれないが、男性の読者にとっては、それ以上の女性、男性が対峙する恐怖の認識をうながしてくれる。「レクイエム」どころのさわぎではない。昨今、環境ホルモン（ダイオキシン）の発生によって、男性が女性化し、女性がさらに濃密な女性化を遂げる時期が到来しつつある。それと併せて考えてみると、男性機能終焉の弔鐘が鳴っているのではないか。しかし、そうはさせまいと、加藤千香子さんは、救いの手をさしのべている。

もう一つの性を追うことで
もう一つの性に媚びず
二つは二つながら平等な
真に二つに合体する事で

この合体のことは、わたくしにとってとうてい信じられない事柄である。カマキリの雄のように最終的に喰い殺されてしまう運命が、ひたひたと今日の眼前にも押しよせてきているのではないか。加藤千香子さんの指向は、やさしさにつきている。

詩篇「ひにふにだ」、「かみさま　Ⅰ、Ⅱ」、「沙蚕（ごかい）のはなし」「塩こおろこおろ」、は、加藤家の祖話についての作品化であるが、おもしろいし、加藤千香子さんの記憶力が傑れているので、詩としての魅力を失わずに形づくられている。

「ひにふにだ　だるまだのだ　四羽こけこの十（とお）」は註解にあるように、数をかぞえる童歌（わらべうた）であり、童歌が本来の謎歌であるという痕跡が、ここに示されている。つまりに加藤家一族の祖話も、しだいに謎と化していくのだというような滑稽さが伏線となっている。

「かみさま　Ⅰ」は、「厠」の一般的な伝承であるが、この感覚、この感受性は、加藤千香子さんの年齢が、最終のラインを示すものであろう。最終のライン以後の人たちには、

代々の嫁姑の確執や
労働の断腸の思いや涙
管を通してこなれた肝心かなめ

の三行が、ある種の悲痛さと、滑稽さをともなって伝わりはしないだろう。それらも又別のテーマに移り、辛うじて伝承祖話として、少しずつ埋没していくのである。「かみさま　Ⅱ」の場合も、同系列のもので、「厠の伝承」として、やがて怖い感性は抜きとられてなつかしいものに変化していくものであろう。加藤千香子さんは、加藤家一族の裾野の端にじんわり坐り込んで、それらの事実をおさえてしまっているのである。

「塩こおろこおろ」は、手法的には実験作であろう。アフリカの生と死の連鎖の草原のイメージに転換しながら、弱肉強食の擬似共同体をとらえていく。古い家系、家業の一脈に、新しい血を注入しつつある情況を、この作品では端的に物語っている。

加藤千香子さんは、代々旧家として生き残ってきた松阪商人の、商家の、最終の語り部として、現代詩の書き手として参画した。伊勢商人の一画をになう松阪商人も、すでに大変革の時期が到来して変化しているのである。すべて旧いものだけが消え去っていくのみであろうか。この場合最終の語り部は、意外に、さわやかにさっぱりとした気分を放っているように見うけられる。つまり凝視しているからこそ、そのような気分を持つことが可能となる。

「したたかで粋な言葉」として、「ルプリエ」という作品を読みすすめていくと、単なるコトバ遊びではなく、コトバの背後にある意味の原野、そのちょっとした角度のちがい、似ていて非なるもの、共通項をもちながら、実は全く相違するもの、それを「ルプリエ」という単語に絞り込んで、巧みに展開していく、「まくり」「はしょり」「去っていく」「包みこむ」「帰る」「撤退」「値下がり」「蛇行」「くねって」「たたみ」「はいつくばる」「うずくまる」「はねのけ」「ひだ」。

あるいは「ルプリ」に関しては、「辟易」「深奥」「凸凹道」。

この作品が、果して成功しているか、不成功に終っているか、成功させるには、もっと別な構成力と表現力が必要なのか、現状のところ判然とはしないが、この手法で、多くの作品を生むことは得策でないかもしれない。

実を言えば、たった一作だけに限定されてこそ、ほんとうのおもしろさが人の極みに達するのである。しかし、この試みはコトバをテーマにした貴重なものである。

一方、冒頭の詩篇「パリの警視庁」の「ミュルミュル」というコトバ（註、ミュルミュルは、ささやく、ブツブツ）。この使い方は、詩全体の効果性を高めるためには、なくてはならない材料であるし、フランス語の音韻のおもしろさが、発想の原点からスタートしている。テーマ自体がドキュメント・タッチであるし、巧みに展開されている。

そのように思惟していけば、加藤千香子さんの詩作品全体は、ことごとくドキュメントなものの連続ではなかったろうか。ドキュメントなものが、あるがままの形ではなく、頭脳的に変容を遂げて、叙事、抒情、それぞれの表現に成立していることがうかがわれる。修辞的現在にウエイトを置かずに、のっぴきならない自己との事件、関係性を重視している。つまり、メジャー志向の原野を、自己の内部に採り入れている情況が、各詩篇に濃厚に見出されるのである。感受性の方から言えば、単なる日常的な感受性だけでは済まされそうにない。それぞれこまかく分れた一つ一つの概念を冠りにした歴史性のある知的な感受性に照らし出されている。わたくしなりの解釈で言えば、モダニズム的傾向の表現を、批評の要素で克服しつつある途次ではないのか、そのような葛藤の要素も自然とそなわっている。批評の要素と言うのは、クリエーティヴに、対象を凝視し、描破するという方法論につながっていくのである。

そのあたりのことも、加藤千香子さんの手法の周辺に発見される。コトバの修辞的巧緻だけでは済まされそうにない批評の眼が明らかに輝いているのである。もちろんこの場合、うそうそした抒情性は消去されていることは言うまでもなかろう。このことは加藤千香子さん個人の問題に絞らずに、「三重詩人」というグループの運動体の底辺に、その手法が普遍化を遂げていたことも言える。個人を主面に立てれば、極度に修辞的現在との葛藤が存在していたと言える。

散文詩型「白蟻の話」「事件三篇」（耳鳴り・あぶりだし・錬金術）には、モダニズムの整合性を本能的に嫌った表白手法があり、むしろそのことが、滑稽さを増幅せしめて、不思議な効果を見せている。この点々とした痕跡を、読者は受けとり見抜いていく必要があるだろう。即物的表白、比喩的表白、ともに、事件性に裏打ちされているのが顕著である。

しかし、よくよく振り返ってみれば、二五〇行の長詩「レクイエム」に集結され表白されているように、加藤千香子さんが、女性として誕生してきたことそのものが、本来の現代詩にかかわる事件ではなかったのか。また、生き生きとした女性に成長していったことが、たびかさなる生活周辺を眺望していく事件でなかったのか、そのように思えてならない気がしはじめた。すでに女性としては珍しく、男性的な観念を目的とするようなところがほのかに見えてきて、女性対男性の二項対立を、自己の内部で統一融和させようとする気配もないではない。この観念的操作が、どのように展開していくのか、興味がもたれてならないこともある。肉体的思考を持続していけば、終局的には破綻をもたらすかもしれないし、観念的思考を持続していけば、自身の希求する合体の方向に論理的に統一されるかもしれない。そのことが、加藤千香子さんの思想の展開に賭けのようなものとしてかかっている。

加藤千香子さんと話し合っていて、肉体的思考と、論理性のある哲学的思考のバランスのとり方に、少うし目を見張る場合がある。もちろん、そのバランスのとり方は、なかなかに表面に出ることはないのであるが、詩表現では、秩序よく内面に沈下している。バランスをとるのは、一つの裂け目が存在しているからであろう。その裂け目も表層からは、見えかくれしていて、なかなかにとらえようがない。その裂け目が、表面化するときは、一つの飛躍の型をとる。飛躍をして、バランスをとるということを、どのようにして覚知したのか、それも又、本能的であるのかもしれないし、文学的手法の一つとして数えられるのかもしれない。詩的表白には、一つの転換の作業として行為されている。これも又、滑稽さ、面白味を生み出す要素として働いている。現代詩は、知的なおもしろさがなくてはならない。知的な遊びではなくて、知的なものを交信棒のように振っていくおもしろさである。この詩集の主眼は、感受性の種々の柱、交信棒にひびいて、波長をうながし、伸ばしていくところに、深い意味性が存在しているのである。

（詩集『塩こおろこおろ』栞）

世界苦と病苦を飛翔する詩魂

こたきこなみ

二、三年前の詩祭懇親会でのこと、何となく気になる女の人がいた。黒っぽいロングドレス、髪をヘアピンで無造作にまとめたエレガントな初老の人、名札はない。話しかけると加藤千香子さんだった。あ、それなら私の「火牛」の同人、十年以上前のイベントでお目にかかった筈だが、そのときよりずっと若く見えたのである。

一七年度「詩と思想」誌「回顧と展望」に私は幾人かの女性社会派評を依頼され、その中で知ったのが『POEMS症候群』である。その強い印象が思い出された。

今、本稿のために初期のものから通読し、改めて稀に見る力量に感じ入ったのである。

『ギプスの気象』は活発な少女が思いもかけぬギプスベッドに縛られての心身ともに辛い約十年、病に屈することなく、ギプスの状態から気象をはかり、その年齢の感傷ではなく自分対社会の向日的発想の成果である。

社会の理不尽はどんなに知的処理をしても女性の肉性に踏み込んで来る。「瞳」はそのあたりの感情をさらりと象徴的に示唆したもの。直感的に暗示的意味を美意識に転換した。

少女期から二十代初めごろまで、即物性を尊重して観念に逃げない。リアリティは作品の証拠物件なのだ。

十七年折り畳んでしまわれていた／いくつの初夏がやってきても／どうして空に放してもらえないのか（中略）鯉はヒロシの生まれるのを辛抱強く待っていた（中略）ヒロシたちを乗せて／鯉はもう一度深く息を吸いこむ／空の真実を探しに旅立とうとする

（「鯉の歌」部分）

鯉のぼりは戦時中の統制と病苦からの解放を願う象徴であろう。そして見逃せないのは「お母さん——母親大会によせて——」である。昭和二十年代だろうか。作者はギプスベッドのなかでこの報道に接したらしい。まだラジオの時代だった。国中の貧しい母親たちが時間と費用をやりくり算段して参集した。どんなにか待たれた集会であったか。病床で想像力を駆使し、母親でもない加藤が情熱的に書き切った。

戦後復興の途上、戦地から命からがら復員した男性たちに気を使いつつ、インフレとベビーブームの子育て、その現状のみでなく近未来のもっとよい在り方を求めているのだ。

辛抱強く節約で家を支えてきた女系や、戦災でやむを得ず身を落とした人や沖縄へも深い情愛をよせる。「肩で息してぼろをつぐ。／本でも読もうものなら／おなごのくせに／一ついえば二つめに前世からの約束ごとと／添乳にかくれて一字一字をひろい読む。」（「青いもの生まぐさいもの」部分）。これは作者の母世代だろうが、私の母の話でもある。女学生さえ小説を禁じられた、隠れて読んだ新聞小説が母の唯一の読書体験で、教育勅語と歴代天皇名の暗記と裁縫が県立高女での課題だったという。

少女加藤は身近の誰彼の話をよく心に止めたらしい。都会の商家育ちにして、フォークロア的感性はこうして養われたのだろう。年譜によれば一九七四年イタリア世界民族舞踊コンクールで二位受賞とある。

伝統的な女性差別にこの時代いち早く疑問を表すのだ。ウーマンリブやフェミニズム運動が起こるのはこれから十数年以上後である。

第二詩集『塩こおろこおろ』刊行は九九年、いよいよ詩は多彩になり、読者は次々発展変化する加藤ワールドに目を見張る。

意図的に新しい境地を試みているようだ。「中折れ」という軽妙なものも好感をもたれるだろう。なにより意表をつかれたのは「かみさま」というタイトルのもとに厠をテーマにした二篇である。重要だが活字にするのは避けたい江戸時代から続く旧家の、扱いにくい場所を、現代詩としておめず憶せず不快感をあたえず、作品と成しえた。認識性の勝利である。

認識性といえば「砂糖細工」、フランス留学、砂糖を溶かしてつくる菓子を女性感覚で大きな空間に縦横に飛翔させる。ヨーロッパ一周一人旅フランス縦断十日などでヨーロッパ感覚が身についた加藤ならではの作品。ナチスとスイス、ユダヤ難民の裏話らしき噂など興味ぶかい。次の詩集『POEMS症候群』にも言えるが、このような優れた異色作を少なからず世に送れる詩人は稀有である。別趣のものも興味深い。例えば「味噌人文字」、

人と人が支えあうから人という文字
なんてウッソ
右側の斜線が支えきれずに
ずりおちる時が必ず来る

その時二本は丸太ン棒のように
平らに転がって交わることはない（中略）
支えきれずにくたばった
裏字とは人の究極の願望だったかもしれない

（冒頭部分）

子供時代遊びながら食べたピーナツから、当時世間をさわがせたロッキード事件など機知が印象的。生活思想という長谷川龍生の言葉を思い出す。「あぶりだし」「錬金術」など。

のちに長谷川が唱えるシュールドキュメント手法だが、この時点で逆に長谷川に影響を与えたのかもしれない。

大切な臓器を失った喪失感を歌う「レクイエム」は圧巻である。女性としての密儀めいた胎蔵感覚の神秘、二五〇行に及ぶ長詩なのでごく一部を引く。

男の作ったデモクラシーが／真のデモクラシーとなっていくのは／実におまえの参加をおいてはない／癌に侵蝕されて／海綿のように珊瑚のように／朽ちていきながら／デモクラシーに旗をかざしたのは／おまえだった

ふつうの女は密かに感傷に帰すが、言われてみれば生殖は単にエロスとか家族の情緒以前の、生命の根幹にかかる、人権、人口、国家にも及ぶ問題であった。

『ＰＯＥＭＳ症候群』本書でいっそう詩境は深まり、内容の重要性、言葉の密度、想像空間の広さでこの上ない読み応えである。

現代、人々は映像などで世界中の苦難をいやでも知ってしまう、でも急いでチャンネルを変えて美貌と美食の画面に見入る。辛いものとは無縁でありたいと。

加藤さんにとっての詩とは世界の外壁へ直かに皮膚を押し当てるその感触。季節の景物などで距離をとらぬ触感がある。あとがきに次のようなフレーズを見る。

世界は病んでいてその回復の手立ては難しい。
そしらぬ顔してこの世を去るわけにもいくまい

ああ、この心意気、熱意、これこそが現代に生きる詩人加藤千香子の根本理念であり情意なのである。

そういえば十代頃の無自覚だったと思われる第一詩集から、すでにこういう筋を通している。

ＰＯＥＭＳとは内分泌機能障害それぞれ、医学用語の頭文字とのこと。回復は無理でも加藤は義憤の人なのだ。力の問題ではなく詩人の直感、思惟を信じたい。

サンボリズム的表現や一般的でない語彙はあるが晦渋ではない。暗喩はともすれば目眩ましになる。手段であっても目的ではないという見識であろうか。

ほとんどが長大力作である。したがって掲出引用がむずかしい。

「大天使ミカエルの秤」「眠る蛾」「地磁気が逆転するとき」「ＰＯＥＭＳ症候群」「京という駅」など。

もとよりの社会性に加えて、ロマンチシズム、情感、と多彩な展開になっている。これほどの理念と情念共々のエネルギーの横溢、異神が憑依したような修辞の美意識に次のような形而上的瞑想美も加わる。

喪失感は淫靡だ
文明の残り滓よ
ウイグルは刃物のメッカ
この殺風景は何と退屈な迫真さだ

祈るも無　祈らぬも無
何故か星が降るのに月がない
突如
鳴動し脳の沙漠に液状化が始まる
私は短剣を腰に鳴沙山を駱駝で疾走していく
生命極まるところまで

ゴビとは無

何もない灘（なだ）
ゴビ灘（タン）

（「負の構図」終連）

「こもれび」もやわらかなタッチでいて　昆古、火、媚、弥などと物語的興味をもたせた自然開発批判であり言葉あしらいが面白く次々と興味をそそる。

はなやかな女性らしいのに、艶な字がないのがさびしいと思っていたら、「深層海流」、一連目の地球とか飛行機とかの語彙の後二連目に、その文字があらわれた。「わが恋が／二千年をかけて届けるような／想いを凍らせていれば／成就出来たであろう／恋のしくみを／知るはずもなく」「死をかけて持続出来る飛来でなければ／万年をかけて血を濃くしなければ／あの人のところへは行けぬ／氷河期の氷を融かして海を薄めてはいけない」（部分）。海水温度の上昇により水位があがり水没が懸念される国もあるのだった。地球規模の変異と恋情現象の壮大な比喩が極上の機知である。

想像力が体外離脱して無限宇宙へ拡散しても、最後は地上の身体へ収まる着地力こそが詩の要諦だと思う。現代詩が短詩型文学とちがう点である。

加藤さんは開放的な人柄らしいが拗ね者なのである。だから逆説的表現を取ることもあり、人によっては誤解もあるかもしれない。

例えば「後部座席」、父親が知人の幼児二人を河に投げ込んだ実際の事件、それを車の後部座席で目撃してしまった十一歳の少女の目線から書く。市井の邪悪な犯罪に止どまらず、世界の諸処では内戦に利用されるなど大人になれずに生を奪われる子供の悲惨が報じられる。「子どもたちは殺さず売った方がよい」「銃を持たせて殺しを教える」「至るところ後部席から無数の眼　目は　みたことで受刑される」、暴言的反語に感じ入った。「眠る蛾」の誤算にすぎない戦果に若い犠牲を強いた、「声で申すものたちよ」。いじめられっ子を追い詰め自殺をせまったもの、伝染性即効性をイサギヨイと反語するしかない嘆きである。言葉で裁くに余りある。破れかぶれ的逆効果に頼りたい。

『詩画集 Collage 症候群』。コラージュの作品との組み合わせ。「虹のなわとび」は童心への鎮魂詩である。

有る限りのものを失くした子供たち
原爆浴びた無数の霊
無念な死に方をした人々
テロに加わる青年も
みんな虹の橋　渡っておいで
（中略）
虹は泥につかっても汚れない
空まではねてもちぎれない
鳥　けもの　虫も手伝って風や気流にのせ
力いっぱい泣きながらふんばって廻している
虹のナワトビ
（「虹のなわとび」部分）

とかく無力といわれるが詩というものの力を信じたくなった、加藤千香子さんのお陰である。

入れ子構造の熱量から〈あらわれいづる〉世界

原田道子

所謂女性原理に委ねない千香子さんは、多様な属性をもつ入れ子構造であるエピソード記憶〈いつ・どこで・なにがの三つの要素がある具体的な形〉を数十年単位で編集、意味記憶を耕す傾向をみせる。刻々とかわるドキュメンタリーにみえる物語の照射に長けているそれは、ときに詩的技術論を凌駕する。これこそが、本文庫の第一印象であり。自凝島（おのころじま）の熱量を起点にする入れ子構造であるその網目から、洩れてくる〈あらわれいづる〉それは、「そしらぬ顔してこの世を去るわけにもいくまい」にて松阪商人末裔の語部たらんとする、千香子さんの独自なコトバ関係、構造となり。リアリズムからのアブストラクトへの道筋をみせる。

隠喩がいかされる瞬間でもあるが。

その代表的であるに相違ない、二篇「京という駅」「塩こおろこおろ」。負の構図が地球を蔽うこのとき、〈あらわれいづる〉ものを内包するみなさんの、古からの身の内の炎がそよぎはじめる契機ともなれば嬉しい。

いつのまにか
心の断片に金属製のうすい羽が生え
宇宙を舞う微粒子のなかまとなり
秒速数十キロの高速でかけまわるから
何にでもぶつかる
小惑星の微粒子に穴をあけ　ごめんね
このように速くては夢をみるひまもない／物狂いのときもない／探査機ハヤブサが小惑星(イトカワ)からクレーターのある／微粒子を抱いて地球に降り立った//
空から日本列島をみると

東北あたりは　くぼみとさら地
（中略）
千年の眠りからさめると
戸惑うことばかり　なるほどふけたものだ
（中略）
そうだ　西の京へ行こう
鑑真の里の白い花のほろ苦い甘さ
まちがえてはいけない　京都ではない
次は　京という駅
京といえばセシウム放出総量千京ベクレルとか
兆の一万倍という意味の駅
（中略）
突如　月が落ちたような疾風

うみがめに変身したわたし
海の底から仰ぎみると
イルカが青い空をまたいでいる

（「京という駅」部分）

指輪は欲しくないが／ダイヤモンドをちりばめたメガネを欲しいと言っていたのに／母はうぐいすやかっこうの来る縁先で／歌をうたいながら見慣れない双眼鏡をのぞいている
やっとこせ　よおいやな
はるか　おのころ島がみえる
（中略）
蟬がじいじい生命の最後を告げると
盆はきている
塩こおろこおろ魂が集まってくる
それを数珠つなぎにしてお経を唱えている
双眼鏡を放り投げて／母は一抱えもの花を買いに駆け出していく//ンゴロンゴロクリーターの湿地に／フラミンゴのオレンジ色の百の脚が映えている／遠くに縞馬を見付けメスのライオンが追いかける／馬の首に抱きついて倒すと／オスや子供が飛びかかり心臓を嚙み切る
生と死の連鎖は草原を赤く染めて夕焼けに混じる
クック島（ジマ）ぷかぷか島（トウ）にも夕陽が射し／せわしなくなる頃／ハチが吠えて／顔じゅう真っ白になって／私は盆だんごをこねている／透き通っただんごの霊は生きもののようにはねて
こおろこおろ／ピラミッドにつみあがる
花の香りに包まれて母の夕べの読経が始まる。
（「塩こおろこおろ」部分　太字筆者）

〈京〉という入れ子構造であるナノの世界（デジタル世界）の様相を、変幻自在な発話者によって語る「京という駅」に、抵抗なしに入りこめる読者はどれ位いるだろうか。たまたま、若い頃初期のデジタル世界に関わっていた筆者には、それはそれは身近であったが。
まさに「コトバによる先行する意味などない可能性の可視化・顕在化」する創造的世界は、ミクロとマクロが織りなす普遍に繋がる〈新しさ、いま〉を内包する日常からの逸脱にこそあり。タイトルからして逸脱ぶりを示唆する「京という駅」、地球上の負の構図を投影する入れ子構造（からくり）の複雑さは、いつ宿ったのか。

現代女流詩人集と銘うつ「ポエトロア　第9集」（発行人西条八十、一九五八）の冒頭、永瀬清子が記す、「単純な構図でなく、刻々に心理のあとを捕らえる感覚的な行のうちに、自然に社会に対するはっきりした批評を磨ぎすましていく人々」には、茨木のり子、石川逸子、港野喜代子とともに、加藤千香子の名もあり。この時代にそう捉えられている千香子さんだからこその、生と死を孕む〈殺人駅〉、〈京という駅〉の文脈は強固の道をあゆむ。公表された作品は手渡された読者にあり。「京という駅」終連三行の核心に迫るシンプルさから手渡される世界に接近しよう。

ひとつ、詩篇が掲載された「三重詩人　二二二」（二〇一二・十一・二十）の長谷川龍生講演「詩と詩人の内なるもの　外なるものとの変容」にあり。ふたつは、第三詩集『ＰＯＥＭＳ症候群』（二〇一五）について、千香子さんによる「三歳の頃覚えた遊びと勉強と労働の視点から生きることをみつめてきた。この第三詩集はそれにつきる」ことが、次に示す講演部分引用とが繋がってくるからである。

対象を見つけて、対幻想であろうと事実であろうと、現実であろうと、リアリズム手法というのは、それらを切り開いていく、核心に迫るリアリズムを切り開いていく。八十四歳の私でも幼稚園のときにやりました。「結んで開いて、開いて結んで、また開いて手を打ってその手を上に」つまり外へ向かって開く、自分をさらけ出す。

ここまできて、この手がとまる。

千香子さんが示す〈核戦略に転じるとも／実存を超えて／あらわれいづる／あらわれいづる／楷書は行書になり草書の時代が来ると／さかさにするするほどけていく〉（「あらわれいづる」部分）のゆるがない文脈、〈さかさにするするほどけていく〉深奥にである。だが地球規模での負の構図なにするものぞの気概に、まず筆をすすめよう。

詩集タイトル名『ギプスの気象』『塩こおろこおろ』『POEMS症候群』と、第一詩集から第二詩集刊行までのながさ（四十二年）にある表現者が内蔵するメタファー（隠喩、暗喩。物事のある側面をより具体的なイメージを喚起する言葉に置き換えて簡潔に表現する機能をもち。絵画、映画などの視覚・聴覚の領域にもおこる）のからくりから洩れる、千香子さんの声。まさしく、詩篇「塩こおろこおろ」の〈クック島（ジマ）ぷかぷか島（トウ）〉（クック島ぷかぷか島、私の料理教室と語学塾の名）が示唆する入れ子構造の設定は、筆者もその渦にいることになる。その構造のひとつ『中空構造日本の深層』（河合隼雄、ユング研究）が浮上するからであり、その技、顕著な詩篇は部分だが既に記した（ちなみに、筆者は書写もする）。

読み解きではなく、これらの詩行を書写すると、どうなるか。見る（入力）、書く（出力）、さらにそれを見る（入力）の丁寧な繰りかえし、その所作のうちに、入れ子構造の枠がはずれ千香子さんの読経が響いてくる。いや、〈こおろこおろ〉とかき廻す千香子さんに魅せられて、読経するのは、紛れもなく書写するそのヒトとなり。ドキュメンタリーのようでそれだけでないのは、身体を廻る連続のうちに外と内が同化するからくり、読者に顕現するメタファーさえ孕んでいるとみるが。

国造りを命じられた伊邪那岐命・伊邪那美命が塩水を「こおろこおろ」かきまわし、**たれ落ちた「しずく」が固まり**（太字作者）、日本列島になったくだり『古事記』を軸に、身の内を廻る物語のおおきさに捲きこまれてゆくのは。昔話を容易に「この世」と結合する、現実と非現実、意識と無意識の境界があいまいなまま全体を志向する日本人の意識構造にあるというが。構造に甘んじない、他言語も知る故に饒舌な様相をみせる千香子さんの世界だから。シンプルだが柔ではない、変容をもたらす科学の知・神話の知あれこれは、水俣病を告発する石牟礼道子の「悶えてなりと加勢せねば」も過ぎらせ。繙きの難しさが相半ばする危険性は覚悟のうえともいえよう。

　そのようにみるなら。生と死の境界が曖昧である京が、兆の一万倍である世界への接近は解読ばかりではないのは明らか。この文脈を選択する二〇一二年、東日本大震災の翌年であることの驚きは、入れ子構造をかいまみせる、次の「ルプリエ RFPLIER」の魔術（からくり）へとつづく。ルプリエを、〈まくり〉〈はしょり〉〈辟易〉〈蛇行〉〈撤退〉〈深奥〉などに托せる多彩な、手のうちを曝す終二行、〈なんたってかんたって／ルプリエとは　何てしたたかで粋な言葉よ。〉は、自然（じねん）の構造とみるが、どうだろう。「オノコロ島」（自凝島）そのものであるに相違ない千香子さんだから。

　自然（じねん）でもある自凝島の熱量は時に、ながい詩篇を産む。純粋な熱量は、読者がこのからくりに呑まれるのもよし、醒めるのもよしという体も覗かせ。

　第一詩集詩篇「その瞳」「草刈りの眼」「瞳」「鏡」などからの、〈あらわれいづる〉自然（じねん）は、入れ子構造異なる、他ジャンルとのコラボとなり。

　前川鋼平画伯との詩画集『Collage症候群』『Collage症候群Ⅱ』はどんな花になるか。〈あらわれいづる〉もの顕現するとき、美なるときの一瞬へのチャレンジ、まみえることを、たくさんの方にお奨めしたい。

■加藤千香子略年譜

一九三二年　松阪市新町三丁目に生まれる。

一九四四年　三重県立飯南高等女学校入学。荻原井泉水の自由律俳句を学び、一行詩から短詩を書きはじめる。シェイクスピア、ストリントベルク等の脚色、演出をする。

一九五七年　十二月　第一詩集『ギプスの気象』（三重詩話会）刊行。あとがき・港野喜代子、詩集構成・錦米次郎、表紙絵・白井郁子。病床十年間の反戦詩。アンソロジー中日新人賞受賞。

一九六八年　早稲田大学第一文学部仏文科卒業。

一九七一年～七五年　アポリネール「異端教祖株式会社」（指導教授）窪田般弥。修士論文途中、五年間パリ滞在。パリ・コルドンブルー・グランディプローム、リヨン近郊ヴィエンヌ（ピラミッド）修業。ヨーロッパ一周独り旅。

一九七四年　世界民族舞踊コンクール（振付・演出・主役）アグリジェント・プレジデント賞第二位入賞（イタリア）。

一九七八年　早稲田大学大学院修士課程修了。

一九九九年　第二詩集『塩こおろこおろ』（思潮社）刊行。栞・詩集構成・長谷川龍生、題字・著者、表紙画・本居宣長十八歳の地図（重文）、神戸ナビール文学賞受賞、その一部中日田縄文賞受賞、この頃より朗読詩、詩の一人芝居（演出・構成・演技）はじめる。

九月四日～十二日　日本書道教育学会、中国・シルクロード書道研修の旅。トルファン（ベゼクリク千仏洞・高昌故城・交河故城）、ウイグル（新疆ウイグル自治区博物館・楼蘭の美女）、敦煌（莫高窟・鳴沙山をらくだで行く）「負の構図」、西安（兵馬俑）・北京（万里の長城）。
二〇〇三年　火牛フェスタ・ナショナリズム「砂浜のオメガ」演じる。他に能登フォーラム、新薬師寺　薪詩（たきぎ）、岡寺、MMW「引き算のエチュード」、三重詩人イベント「こもれび」、歴程「POEMS症候群」。
二〇〇四年　陸羽（著作「茶教」）の墓、茶畠見学、茶の湯文化学会研究発表・日中合同茶会。
二〇一四年一月　フランス縦断十日間（「大天使ミカエルの杯」。
二〇一〇年八月～二〇一五年五月　三重詩話会（詩誌「三重詩人」）代表。
二〇一五年　十二月　第三詩集『POEMS症候群』（土曜美術社出版販売）刊行。
二〇一六年　七月　詩画集『Collage 症候群』第一集（アイブレーン）刊行。
詩・加藤千香子、コラージュ・前川鋼平。
同月　第三詩集『POEMS症候群』で第56回中日詩賞受賞。
十月　ポーランド、アウシュヴィッツの赤さびたレールを踏む。
二〇一八年　八月　詩画集『Collage 症候群』第二集（アイブレーン）刊行。
詩・加藤千香子、コラージュ・前川鋼平。

所属　三重詩話会同人・火牛の会（休刊中）会員
関西詩人協会会員・日本現代詩人会会員

現住所　〒515―0075
三重県松阪市新町三―九〇九―一

＊　本文中、部落民、ニコヨン、ちんば等という表現がありますが、言葉の響き、言葉が喚起するイメージ、文脈などを考慮して用いており、差別的な意図はありません。

新・日本現代詩文庫159 加藤千香子詩集

発　行　二〇二四年十二月二十五日　初版

著　者　加藤千香子
装　幀　森本良成
発行者　高木祐子
発行所　土曜美術社出版販売
〒162-0813　東京都新宿区東五軒町三―一〇
電　話　〇三―五二二九―〇七三〇
FAX　〇三―五二二九―〇七三二
振　替　〇〇一六〇―九―七五六九〇九
DTP　直井デザイン室
印刷・製本　モリモト印刷
ISBN978-4-8120-2880-3　C0192

新・日本現代詩文庫

土曜美術社出版販売

- ⑯① 入谷寿一詩集　解説　中原道夫・中村不二夫
- ⑯② 重光はるみ詩集　解説　井奥行彦・以倉紘平・小野田潮
- ⑯③ 会田千衣子詩集　解説　江森國友
- ⑯④ 佐藤すぎ子詩集　解説　田中眞由美・一色真理
- ⑯⑤ 佐々木久春詩集　解説　中村不二夫・鈴木豊志夫
- ⑯⑥ 新編忍城春宣詩集　解説　田中健太郎
- ⑯⑦ 新新忍城春宣詩集　解説　田中健太郎
- ⑯⑧ 中谷順子詩集　解説　冨長覚梁・根本明・鈴木久吉
- ⑯⑨ 田中佑季明詩集　解説　渡辺めぐみ・齋藤貢
- ⑰⓪ 前田かつみ詩集　解説　永井ますみ・中村不二夫
- ⑰① おだじろう詩集　解説　上手宰・古賀博文

〈以下続刊〉

- ① 中原道夫詩集
- ② 坂本明子詩集
- ③ 高橋英司詩集
- ④ 前原正治詩集
- ⑤ 三田洋詩集
- ⑥ 本多寿詩集
- ⑦ 小島禄琅詩集
- ⑧ 新編菊田守詩集
- ⑨ 出海溪也詩集
- ⑩ 柴崎聰詩集
- ⑪ 相馬大詩集
- ⑫ 桜井哲夫詩集
- ⑬ 新編島田陽子詩集
- ⑭ 新編真壁仁詩集
- ⑮ 南邦和詩集
- ⑯ 星雅彦詩集
- ⑰ 井之川巨詩集
- ⑱ 新々木島始詩集
- ⑲ 小川アンナ詩集
- ⑳ 新編井口克己詩集
- ㉑ 新編滝口雅子詩集
- ㉒ 谷　敬詩集
- ㉓ 福井久子詩集
- ㉔ 森ちふく詩集
- ㉕ しま・ようこ詩集
- ㉖ 腰原哲朗詩集
- ㉗ 金光洋一郎詩集
- ㉘ 松田幸雄詩集
- ㉙ 谷口謙詩集
- ㉚ 和田文雄詩集
- ㉛ 新編高田敏子詩集
- ㉜ 皆木信昭詩集
- ㉝ 千葉龍詩集
- ㉞ 新編佐久間隆史詩集
- ㉟ 長津功三良詩集
- ㊱ 鈴木亨詩集
- ㊲ 埋田昇二詩集
- ㊳ 川村慶子詩集
- ㊴ 新編大井康暢詩集
- ㊵ 米田栄作詩集
- ㊶ 池田瑛子詩集
- ㊷ 遠藤恒吉詩集
- ㊸ 五喜田正巳詩集
- ㊹ 森常治詩集
- ㊺ 和田英子詩集
- ㊻ 伊勢田史郎詩集
- ㊼ 鈴木満詩集
- ㊽ 曽根ヨシ詩集
- ㊾ 成田敦詩集
- ㊿ ワシオ・トシヒコ詩集
- (51) 高田太郎詩集
- (52) 大塚欽一詩集
- (53) 香川紘子詩集
- (54) 井元霧彦詩集
- (55) 高橋次夫詩集
- (56) 上手宰詩集
- (57) 網谷厚子詩集
- (58) 門田照子詩集
- (59) 水野ひかる詩集
- (60) 丸本明子詩集
- (61) 村永美和子詩集
- (62) 藤坂信子詩集
- (63) 門林岩雄詩集
- (64) 新編原民喜詩集
- (65) 新編濱口國雄詩集
- (66) 日塔聰詩集
- (67) 武田弘子詩集
- (68) 大石規子詩集
- (69) 吉川仁詩集
- (70) 尾世川正明詩集
- (71) 岡隆夫詩集
- (72) 野仲美弥子詩集
- (73) 葛西洌詩集
- (74) 只松千恵子詩集
- (75) 鈴木哲雄詩集
- (76) 桜井さざえ詩集
- (77) 森野満之詩集
- (78) 坂本つや子詩集
- (79) 川原よしひさ詩集
- (80) 前田新詩集
- (81) 石黒忠詩集
- (82) 壺阪輝代詩集
- (83) 若山紀子詩集
- (84) 香山雅代詩集
- (85) 古田豊治詩集
- (86) 福原恒雄詩集
- (87) 黛元男詩集
- (88) 山下静男詩集
- (89) 赤松徳治詩集
- (90) 梶原禮之詩集
- (91) 前川幸雄詩集
- (92) なべくらますみ詩集
- (93) 津金充詩集
- (94) 中村泰三詩集
- (95) 和田攻詩集
- (96) 藤井雅人詩集
- (97) 馬場晴世詩集
- (98) 鈴木孝詩集
- (99) 久宗睦子詩集
- (100) 水野るり子詩集
- (101) 岡三沙子詩集
- (102) 星野元一詩集
- (103) 清水茂詩集
- (104) 山本美代子詩集
- (105) 武西良和詩集
- (106) 竹川弘太郎詩集
- (107) 酒井力詩集
- (108) 一色真理詩集
- (109) 郷原宏詩集
- (110) 永井ますみ詩集
- (111) 阿部堅磐詩集
- (112) 新編石原武詩集
- (113) 長島三芳詩集
- (114) 柏木恵美子詩集
- (115) 近江正人詩集
- (116) 名古きよえ詩集
- (117) 新編石川逸子詩集
- (118) 佐藤真里子詩集
- (119) 河井洋詩集
- (120) 戸井みちお詩集
- (121) 金堀則夫詩集
- (122) 三好豊一郎詩集
- (123) 古屋久昭詩集
- (124) 佐藤正子詩集
- (125) 川端進詩集
- (126) 桜井滋人詩集
- (127) 葵生川玲詩集
- (128) 今泉協子詩集
- (129) 柳内やすこ詩集
- (130) 新編甲田四郎詩集
- (131) 大貫喜也詩集
- (132) 今井文世詩集
- (133) 中山直子詩集
- (134) 林嗣夫詩集
- (135) 柳生じゅん子詩集
- (136) 原圭治詩集
- (137) 森田進詩集
- (138) 水崎野里子詩集
- (139) 比留間美代子詩集
- (140) 内藤喜美子詩集
- (141) 小林登茂子詩集
- (142) 万里小路譲詩集
- (143) 稲木信夫詩集
- (144) 清水榮一詩集
- (145) 細野豊詩集
- (146) 川中子義勝詩集
- (147) 山岸哲夫詩集
- (148) 天野英詩集
- (149) 愛敬浩一詩集
- (150) 山田清吉詩集
- (151) 忍城春宣詩集
- (152) 丹野文夫詩集
- (153) 関口彰詩集
- (154) 清水博司詩集
- (155) 室井大和詩集
- (156) 山口春樹詩集
- (157) 佐川亜紀詩集
- (158) 岸本嘉名男詩集
- (159) 加藤千香子詩集
- (160) 橋爪さち子詩集

◆定価1540円（税込）